Mory's Hofbuchhandlung

Stefan Ummenhofer: Jahrgang 1969, aufgewachsen in Villingen und Schwenningen, war zunächst Volontär und Redakteur bei einer Tageszeitung, studierte dann Politikwissenschaft und Geschichte in Freiburg, Wien und Bonn, arbeitete als Persönlicher Referent eines Bundestagsabgeordneten und ist momentan als Doktorand und Journalist in Freiburg tätig.

Alexander Rieckhoff: Jahrgang 1969, geboren und aufgewachsen in Villingen, Ausbildung zum Bankkaufmann, volontierte bei einer Regionalzeitung, arbeitete dann als Redakteur, studierte Geschichte und Politikwissenschaft in Konstanz und Rom und ist zurzeit als Fernsehredakteur in Mainz beschäftigt.

VS KRIMI

WWW.VS-KRIMI.DE

Ihre Meinung interessiert!
Schicken Sie uns Anregungen und diskutieren Sie mit den Autoren unter www.vs-krimi.de

Wir danken Bettina Look sowie Barbara Fehrenbach, Wolfgang Gerster, Zoran Josipovic, Frank Meyer, Heidi Popko, Jürgen Schaumann, Michael Thaidigsmann, Dr. Ralf Trautwein, Juliane Tritschler und dem Schwenninger ERC.

Stefan Ummenhofer
Alexander Rieckhoff

EISZEIT

HUMMELS ERSTER FALL

6. Auflage
September 2005
Verlag Mory's Hofbuchhandlung, Donaueschingen

Umschlaggestaltung: Stephan Schneider, Leonberg
Druck und Verarbeitung: Druckerei Leute, Villingen-Schwenningen
Made in Germany
ISBN 3-9802492-1-2
www.morys-hofbuchhandlung.de

INHALT

HANDELNDE PERSONEN

Hubertus Hummel: Studienrat, hört sich selbst gerne reden, Lokalpatriot, Kriminalist aus Leidenschaft

Klaus Riesle: bester Freund von Hubertus, Lokaljournalist beim „Schwarzwälder Kurier", eifrig, drahtig, neugierig, Auto- und Eishockey-Fan

Edelbert Burgbacher: zweitbester Freund von Hubertus, Impresario, Nachtschwärmer, charismatisch und eigenwillig, hält gerne Monologe

Martina Hummel: 17-jährige Tochter von Hubertus, gepierct, macht ihrem Vater einige Sorgen und die Kneipen der Doppelstadt unsicher

Elke Hummel: esoterisch veranlagte Ehefrau von Hubertus, hat sich von ihm getrennt, ihr neuer Begleiter ist:

Dr. Bertram Bröse: kein Freund von Hubertus, Möchtegern-Staranwalt, Karrierist

Peter Klingler: neuer Freund von Martina, Zivildienstleistender

Herbert Mielke: Lehrer, Schönling und Vereinsmeier, gilt als Hallodri

Carolin Mielke: vernachlässigte Ehefrau von Herbert

Michael Gerber: Besitzer eines Fitnessstudios, Frauen-Typ

Horst Ziegler: Lehrer, Zeuge, zurückhaltend

Kirk Willy: Stürmerstar der „Wild Wings", zweikampfstark und aggressiv

Helen Willy: seine Frau

Radovan Josipovic: Spieler, geschwätzig, bosnischer Hobby-Philosoph

Stefan Müller: Kriminalkommissar mit Uhren-Tick, hat einen sehr bestimmten Verdacht

1. FREITAGS-ÄRGER

Es war nicht zu fassen. „Freitage", murmelte Hubertus Hummel. „Ich hasse Freitage."

Nicht genug der Tatsache, dass sein Auto heute Morgen nicht angesprungen war und er beim dadurch nötig gewordenen 15-minütigen Marsch aus der Vom-Stein-Straße in der Südstadt zum Schulhaus auf dem glatten Gehsteig ausgerutscht war, weshalb nun das Hinterteil seines üppigen 95-Kilo-Körpers schmerzte. Jetzt hatte der Hausmeister auch keine belegten Vollkornbrötchen mehr. Und noch zum Bäcker gehen, dafür reichte die Zeit vor der nächsten Stunde nicht mehr.

Hubertus war Lehrer. Deutsch und Gemeinschaftskunde am Gymnasium am Romäusring in Villingen-Schwenningen im Schwarzwald. Genauer gesagt, im Stadtteil Villingen. Noch genauer, direkt neben der historischen Stadtmauer. An der Schule, die er selbst einst besucht hatte – damals, in den 70ern.

Zu seiner Zeit, da hatten noch andere Zustände geherrscht. Wissbegierig waren sie gewesen. Hinterfragt hatten sie die Dinge. Bei ihm, Jahrgang 1959, Abitursjahrgang 1977, kein Wunder. Deutschland im Ausnahmezustand – RAF, Buback, Schleyer, Deutschland ein Polizeistaat, daran hatte man sich reiben können. Reiben müssen.

Und heute? Nichts davon übrig. Klar, bei diesen Vorbildern in der Politik. Es war doch alles Lug und Trug da oben. CDU-Schwarzkonten, korrupte SPD-Kommunalpolitiker, grüne Bonusmeilen-Flüge und auch die ständigen Steuererhöhungen hatten Hubertus' Vorträge über die hehren Werte der Demokratie beinahe verstummen lassen.

15 oder 16 waren sie, seine Neuntklässler. Vor dem Computer, im Internet, da kannten sie sich zweifelsohne besser aus als er. Aber in Deutsch?

Goethe? Hesse? Dürrenmatt? Brecht? Fehlanzeige. „Pah“, murmelte Hubertus vor sich hin. „Was für eine Generation.“ Er schlurfte ins Lehrerzimmer, öffnete eine Flasche biologischen Apfelsaft und nahm gedankenverloren einen Schluck.

Eine Stunde noch, dann war endlich Wochenende. Immerhin: Am Abend war Eishockey im Schwenninger Bauchenbergstadion gegen den baden-württembergischen Rivalen aus Mannheim angesagt. Aber zuvor: Gemeinschaftskunde-Leistungskurs in der Zwölften. Die sollten jetzt mal zeigen, was sie draufhatten. Und, auch wenn er früher solche repressiven Maßnahmen abgelehnt hätte: Es war Zeit für einen unangekündigten Test.

Jetzt aber schnell. Er rauschte um die Ecke in Richtung Klassenzimmer – und prallte fast mit dem Kollegen Mielke, Sport und Mathematik, zusammen. Ausgerechnet Mielke, der braun gebrannte, blonde Schönling. Neid und Verachtung hielten sich bei Hubertus die Waage. Durchtrainiert, der Mann. Aber eben ein Spießer. Frau, Kinder, in mindestens zehn Vereinen Mitglied und ein Häuschen im Ortsteil Pfaffenweiler vor den Toren der Stadt. Ein Teil des Establishments eben.

„Ah, Kollege“, sagte der, „gut, dass ich sie treffe. Gehen Sie heute auch zum Eishockey? Da könnten Sie mich doch mitnehmen. Meine Frau braucht unseren Wagen.“

„Tja“, murmelte Hubertus verlegen. „Ein andermal gern. Aber der Wagen ist defekt. Vielleicht sehen wir uns im Bus.“

„Im Bus?“, echote Mielke. „Da braucht man ja zwei Stunden.“ Hubertus zuckte mit den Schultern und klopfte auf seine alte Armbanduhr: „Tut mir Leid. Ich muss.“

Mielke. Hätte er ihm sagen sollen, dass er selbst schon einen Fahrer organisiert hatte? Nein. Sollte sich Mielke doch von einem seiner Vereinsmeier nach Schwenningen kutschieren lassen. Wenn einer schon eine Sitzplatz-Dauerkarte hatte ...

Für Hubertus war es hingegen Ehrensache, seinen stets anwachsenden Bauch auf die Stehränge zu zwängen. Seit vielen Jahren.

Die Stunde mit der Zwölften verging fast überhaupt nicht, der Nachmittag dafür umso schneller. Die Wohnung musste zumindest etwas aufgeräumt werden. Seit seine Frau vor einigen Wochen umgezogen war, herrschte das reinste Chaos. „Kreatives Chaos“, wie Hubertus sich und anderen nicht müde wurde klarzumachen. Martina, seine 17-jährige Tochter, war ihm beim Haushalt alles andere als eine Hilfe. Seit neuestem trug sie auch noch ein Piercing – ihre Mutter hatte dazu die Einwilligung gegeben ...

Zum Cappuccinotrinken in Villingens Eiscafé Zampolli nahe des Riettores hatte sich Martina verabschiedet und ihn zu allem Überfluss auch noch um zehn Euro angebettelt.

Umgezogen war im Fall von Elke übrigens eher der falsche Ausdruck. Die werte Gattin war nicht um-, sondern ausgezogen. Und als wäre dies nicht schlimm genug: Ausgerechnet zu Bröse, diesem Idioten. Doktor Bertram Bröse. Dr. jur. Bröse. Ein Anwalt. Viele behaupteten gar zu Hubertus' Leidwesen, er sei einer der Staranwälte in „VS“. So wurde die gut 80.000 Einwohner zählende gemeinsame Stadt Villingen-Schwenningen – und das war sie seit der Fusion im Zuge der Kreisreform 1972 zumindest auf dem Papier – gemeinhin genannt. Die badisch-katholischen und eher bürgerlich geprägten Villinger und die Bewohner von Schwenningen, das durch die florierende Uhrenindustrie erst Anfang des 20. Jahrhunderts zur Stadt geworden war, hatten immer noch so ihre Schwierigkeiten, sich mit „VS“ zu identifizieren. Der eine Stadtteil erzählte über den jeweils anderen durchaus gehässig gemeinte Witze.

Studiert hatte Bröse – wie Hubertus – im 70 Autokilometer entfernten Freiburg. Aber während Hubertus gegen Fahrpreiserhöhungen im Öffentlichen Nahverkehr gekämpft und in Vollversammlungen für mehr Mitbestimmung der Studierenden im Universitätsbetrieb eingetreten war, hatte dieser Trottel seine Zeit in einer schlagenden Verbindung verbracht. Ein Schmiss zierte des Anwalts Wange und zeugte von den damaligen Fechtduellen. Und Elke gefiel so was ...

Hubertus versuchte sich hingegen seine politischen Ideale aus der Studienzeit zu bewahren; allerdings mit nachlassendem Erfolg. Zu seinem Leidwesen spürte er, dass auch er immer konservativer wurde. War sein zunehmendes Alter daran schuld? Oder die Schüler? Oder gar seine kleinbürgerliche Herkunft?

Egal. Heute ging es um Sport, nicht um Politik. Hubertus zwängte sich in zwei alte Pullover, wickelte sich den Schal in den blau-weißen SERC-Vereinsfarben um, den ihm Elke vor Urzeiten mal gestrickt hatte, und machte sich auf den Weg zum Treffpunkt.

Zuerst die Vom-Stein-Straße entlang, dann nach links die Conradin-Kreutzer-Straße hoch. Er grüßte mit der linken Hand einen entfernten Bekannten, der – ebenfalls in einen großen blau-weißen Schal gewickelt – gerade in seinen Ford stieg.

Die Südstadt war ein idyllisches Viertel von Siedlerhäusern, die zu einem guten Teil in den 1930ern, manche auch in den 50er-Jahren entstanden waren. Hier ging es bodenständig zu. Man kannte sich. Die meisten Bewohner waren echte Villinger und lebten schon seit Jahrzehnten hier. Es war bitterkalt geworden und dämmerte bereits. Achtung, nur nicht nochmals hinfallen.

Kurz darauf raste Klaus Riesle mit seinem alten Opel Kadett und überhöhtem Tempo in eine Parkbucht der Saarlandstraße. Am Heck immer noch der alte Aufkleber „SERC – das Höchste im Schwarzwald". Klaus war klein, schwarzhaarig, drahtig und Lokaljournalist beim „Schwarzwälder Kurier". Deshalb wusste er immer das Neueste aus der Stadt. Momentan allerdings nicht, denn er hatte Urlaub und wohl deshalb für Hubertus' Verhältnisse zu gute Laune.

„Alles fit, Alter?"

Hubertus grummelte.

„Mensch, was ist denn los?"

„..."

„Immer noch Elke?"

„Elke, das defekte Auto, die tumben Schüler, die Kälte ..."

„Mensch", fuhr ihn Klaus an. „Jetzt mach hier nicht auf trübe Tasse. Es ist Wochenende und heute hauen wir die Mannheimer weg." Er stimmte einen alten Fan-Slogan an: „Und so spielt man Eishockey, und so spielt man Eishockey."

Hubertus' schlechte Laune war auch sechs Kilometer weiter am Ortseingang Schwenningen, als sie linker Hand die

Polizei-Fachhochschule liegen ließen, noch nicht verflogen. „Wild Wings. Was für ein bescheuerter Name. Ich sag' dir, diese Amerikanisierung ist einfach zum Kotzen! SERC heißt der Verein. Schwenninger Eis- und Rollsportclub 1904 e.V.! Und diese finanziell undurchsichtigen Mannheimer sind für mich nach wie vor der MERC – und nicht die 'Adler'."

Klaus sagte nichts. Er wusste, dass Widerspruch Hubertus zu noch längeren Monologen anstachelte. Der war ohnehin mächtig in Fahrt: „Wenn ich unser jetziges Team mit dem Ende der 80er vergleiche. Du weißt schon, damals: Wally Schreiber, Grant Martin, Bruce Hardy, George Fritz, Mike Heidt, Earl Spry ... Und seitdem jetzt auch noch Mark MacKay aufgehört hat ..."

Klaus winkte ab. Er suchte einen Parkplatz. „Heute wird's voll, sag' ich dir. Zum Glück haben wir die Karten schon vorher gekauft. Na ja, die Wild Wings können das Geld brauchen."

„Der SERC."

„O.K., der SERC. Aber du musst schon zugeben: siebter Platz, vier Spiele in Folge nicht verloren, da kannst eigentlich nicht mal du meckern, Huby."

Er brachte den Wagen neben dem Gustav-Strohm-Stadion zum Stehen, wo der BSV in den 70er Jahren fußballerisch in der 2. Bundesliga für Furore gesorgt hatte. Und nun verkam die Arena zur Brache, schien zu verfallen wie die Statue mit den nackten Männern vor dem ehemaligen Haupteingang, die an die im Krieg gefallenen Sportler erinnerte.

Jetzt spielte die Musik im Bauchenbergstadion. Erste Geräusche drangen von dort herüber. Die Stimmung von Hubertus stieg langsam: Derby-Fieber. „Heute müssen sie einfach gewinnen", sagte er. „Dann schaffen sie auch den

Play-Off-Platz. Und das wäre schon ein Wunder nach dem katastrophalen Saisonstart. Wetten, dass ausverkauft ist?"

Er sollte Recht behalten. 5200 Besucher, nach offiziellen Angaben zumindest. Darunter etwa 300 Mannheimer, die wie immer an der offenen Seite des Bauchenbergstadions standen und sich lautstark bemerkbar machten. Auch schriftlich: „Die Könige der Liga grüßen ihre Hofnarren", stand auf einem Plakat. Hubertus brachte sich auf der Gegengerade in Stimmung: „Ja, ja. Die halbe Liga zusammenkaufen, mit Dusel Meister werden, fast wieder pleite gehen und dann noch dicke Backen machen. Scheißverein. Aber ist ja kein Wunder. Geld regiert eben auch die Eishockey-Welt. Wenn jetzt schon Hamburg in der obersten Liga mitspielen darf, ist das der Anfang vom ..."

Die letzten Worte gingen in lautem Hupen und Rufen unter. Die Mannschaften kamen, ein Konfettiregen ergoss sich über Hubertus und Klaus, Wunderkerzen wurden angezündet.

2. Schuss und Tor

Das Spiel hielt, was es versprochen hatte. Klar waren die Mannheimer technisch besser – was Wunder. Doch die Schwenninger besannen sich auf ihre Kampfkraft und hielten dagegen. 1:1 stand es nach dem ersten Drittel, 3:3 nach dem zweiten.

„Ich hoffe, es bleibt dabei. Dann gibt's wieder mal ein Penalty-Schießen", meinte Klaus, als er mit zwei Bechern Glühwein vor der letzten Drittelpause vom Imbissstand zurückkam. „Quatsch", widersprach Hubertus und nahm sich eines der klebrig-heißen Getränke. „Wir kämpfen die nieder. Ich will drei Punkte. Und wenn der Schiri den Mannheimern auch mal ein paar Strafzeiten gibt, gelingt das auch."

„Huby! Setz' die Vereinsbrille ab und deine richtige wieder auf", mahnte Klaus. Hubertus winkte verächtlich ab, kramte dann aber doch seine Nickelbrille aus der Tasche und wischte sich ein paar Konfettiteile aus den spärlichen braunen Haaren. Die hohe Stirn glänzte unter der gleißenden Stadionbeleuchtung.

Das Spiel wog weiter hin und her, große Torchancen gab es allerdings nicht mehr. 50. Minute, 55., 58. Minute, immer noch 3:3. Die Zuschauer standen jedoch wie ein Mann hinter ihrer Mannschaft: „Auf geht's Schwaben, let's go", hallte es durchs Stadion, obwohl gerade mal drei der Spieler echte Eigengewächse waren. Man setzte vorwiegend auf Kanadier, in letzter Zeit jedoch auch vermehrt auf Osteuropäer. Aus dieser Mischung und der daraus folgenden Grüppchenbildung hatte sich schon der ein oder andere Konflikt im Team ergeben. Auch bei den Mannheimern tendierte die Zahl der gebürtigen Kurpfälzer gegen Null. Schlimmer noch: Entwickelten sich Spieler halbwegs bei den Schwenningern, wurden sie vom finanziell potenteren Rivalen weggekauft. Auch darüber hätte Hubertus referiert, wäre das Geschehen auf dem Eis nicht gerade so spannend gewesen.

Vor allem auf den bulligen Center der ersten Sturmreihe der Mannheimer schossen sich die Zuschauer allmählich ein. Ein Ellbogencheck war bereits nicht geahndet worden, nun benutzte er gar den Stock gegen die schmächtige Schwenninger Nachwuchshoffnung. Hubertus war einem Tobsuchtsanfall nahe. „Aaaargh“, brüllte er, so dass sich ein paar Leute in seinem Block umdrehten. Seine Stimme wurde langsam so rau wie das Schmirgelpapier des Schulhausmeisters.

Hummels Aufregung war umsonst. Der Schiedsrichter hatte das Foul gesehen und schickte den gegnerischen Stürmer auf die Strafbank, wozu der Stadionsprecher die Kassette mit dem Lied der „Toten Hosen“ einlegte: „Einmal muss jeder gehen, und wenn dein Herz zerbricht, davon wird die Welt nicht untergehn', Mensch ärger' dich nicht ...“, dröhnte es.

Eine Minute und 42 Sekunden vor Schluss Überzahl für die Schwenninger, 5 gegen 4 Spieler auf dem Eis. Hubertus biss vor Aufregung in seinen Schal. Klaus machte auf Pessimist: „Bei unserem Überzahlspiel müssen wir froh sein, wenn wir nicht noch einen kassieren.“

Tatsächlich tat sich zunächst nichts, kamen die „Wild Wings“ nicht mal ins gegnerische Drittel. Dann jedoch, die klobige Stadionuhr in der Mitte der Halle zeigte noch 18 Sekunden Restspielzeit an, formierten sich die Blau-Weißen endlich zum Power-Play. Die Verteidiger schoben sich den Puck zweimal zu, zogen dann ab, der Puck wurde in dem Gerangel vor dem Kasten abgefälscht – offenbar vom neuen SERC-Kanadier Kirk Willy. Die Hartgummischeibe ging an den Pfosten und – ins Tor!!!

Das Bauchenbergstadion wurde binnen Sekunden zum Tollhaus. Hubertus warf seinen Glühweinbecher in die Luft, scherte sich nicht darum, dass dieser noch halb gefüllt war, und umarmte Klaus. Seine Brille fiel zu Boden. Von hinten drängten weitere freudetrunkene Fans in einem Jubelknäuel nach vorne.

4:3, elf Sekunden vor Schluss. Kaum zu fassen. Auch die Schwenninger Spieler auf der Bank stürzten aufs Eis, sogar der Ersatztorwart kam mit. Sie begruben den Torschützen unter sich. Hubertus war außer sich. „Ich hab's gewusst. Das-habe-ich-gewusst. Ja. Jaaa. Yippiiieee."

Was für ein Tag. Vergessen der Ärger vom Morgen. Herrlich. Eishockey. Was für ein Spiel. Und sogar seine Brille fand er nach kurzer Zeit wieder. Ein Glas war zerkratzt, aber was war das schon gegen diesen Sieg. Hubertus setzte die Brille wieder auf. Sein Blick richtete sich auf die Spielerbank mit dem immer noch jubelnden Trainer, streifte die Sitzplatztribüne.

Dort schienen die Sanitäter sich um jemanden zu bemühen. „Ein Herzinfarkt", durchfuhr es Hubertus. „Kein Wunder bei diesem Spiel."

Der Jubel im Stadion schwoll nur ganz allmählich ab. Wie gebannt schaute Hubertus zur gegenüberliegenden Seite. Klaus folgte seinem Blick. In ihm erwachte das journalistische Fieber. „Ich gehe rüber."

Hubertus zögerte, schloss sich dann aber an. Gemeinsam kämpften sie sich durch die feiernden Anhänger. Mittlerweile lief das Spiel wieder und die Fans in Blau-Weiß zählten die letzten Sekunden lautstark mit. „Sechs, fünf, vier, drei, zwei, eins. Jaaaaa." Die Schlusssirene ertönte.

Kurz darauf war Klaus am Eingang zur Haupttribüne angelangt. „Schwarzwälder Kurier", sagte er und zeigte seinen Presseausweis. „Wir müssen da durch." Der Ordner machte keine Anstalten, ihn aufzuhalten, er war viel zu begeistert vom nun feststehenden Endergebnis.

Klaus steuerte zielstrebig auf den Pulk von Rettungssanitätern zu. Hubertus folgte ihm mit dem gebotenen Abstand, er wollte nicht als Gaffer erscheinen.

„Aber Reporter dürfen nun wirklich keine Skrupel haben", dachte er, als Riesle sich über den blutüberströmten, leblosen Körper beugte. Hubertus hörte nur bruchstückhaft die Unterhaltung, die einer der Sanitäter mit seinem Freund und einem Polizisten führte. Aber die Worte „Kopfschuss" und „sofort tot" waren ihm nicht entgangen und ließen ihn mehrfach zusammenzucken.

„Absurd", dachte er sich. „Wer sollte denn einen Menschen in einem Eisstadion erschießen wollen?" Er näherte sich nun doch der Menschentraube, um etwas Genaueres von Klaus zu erfahren. Doch bevor er seinen Freund erreichte, fiel sein Blick auf den am Boden Liegenden. „Oh Gott", entfuhr es Hubertus. „Mielke!"

3. Drei Punkte und acht Bier

Zehn Minuten später stand Hubertus immer noch wie vom Donner gerührt da – um ihn herum eine größere Menschenmenge, der ebenfalls nicht mehr zum Feiern zumute war.

Die Neuigkeit hatte sich bis in die Spielerkabine herumgesprochen, weshalb diejenigen Fans, die in Unkenntnis des Geschehenen immer noch „Ehrenrunde" und „Wir woll'n die Mannschaft sehn', wir woll'n die Mannschaft sehn'" brüllten, vergebens warteten.

Klaus stieß Hubertus an: „Ich muss aktualisieren", sagte er. „Für die VS-Ausgabe könnte es noch reichen."

Hubertus geriet in Rage: „Verdammte Scheiße, du hast Urlaub. Hast du jetzt keine anderen Sorgen?"

Klaus schüttelte den Kopf: „Du glaubst ja wohl nicht, dass unsere Sport-Nasen das auf die Reihe kriegen. Die sind mit dem Spielbericht beschäftigt." Er zückte das Handy und rief den Spätdienst in der Zentrale an. „Wenigstens für 'ne Aufmacher-Meldung sollen sie noch Platz freischaufeln."

Hubertus fluchte. Wenige Meter entfernt entdeckte er auf einer der Tribünenbänke seinen Kollegen Ziegler, Englisch und Geschichte. Er hatte eine Decke der Sanitäter um die Schultern und war leichenblass. „Unglaublich", sagte Ziegler mit matter Stimme, als Hubertus sich ihm zuwandte. „Er saß direkt neben mir. Zum ersten Mal bin ich diese Saison im Eisstadion, und dann wird neben mir mein Kollege erschossen."

„Mielke", dachte sich Hubertus, „wer erschießt denn Mielke? Und warum vor 5.200 Zeugen?"

Er spürte das schlechte Gewissen in sich aufsteigen. „Haben Sie ihn im Auto mitgenommen?“ Ziegler nickte: „Ja. Er wohnt doch nur ein paar Straßen von mir entfernt.“ Er setzte ab und blickte Hubertus verzweifelt an. „Wohnte.“

Hubertus schaute an sich herunter. Sein Mantel wies Glühweinflecken auf, ebenso sein Schal. Er betrachtete den Aufnäher, den er vor einigen Jahren gekauft und den Elke dort angebracht hatte. „Eishockey-Fans sind faire Fans“, war darauf zu lesen. Einer davon wohl nicht.

Etwa anderthalb Stunden später, kurz vor Mitternacht, liefen Hubertus und Klaus in ihrer Stammkneipe ein; dem „Bistro“ in der Villinger Brunnengasse im Zentrum der alten Zähringerstadt. Als Hubertus die schwere Holztüre öffnete, kam ihm ein feuchter und rauchiger Luftschwall entgegen. Freitagabends war der Laden immer gerammelt voll. Und als Luftabzug diente allenfalls das gelegentliche Öffnen der Türe.

„Mal wieder richtig gute Luft“, raunzte Hubertus, hockte sich an den letzten freien Tisch und zündete sich gleich selbst eine blaue Gauloise an. Eigentlich rauchte er nicht, aber in seiner Stammkneipe war das etwas anderes.

Sein Blick ging hinüber zu Gisela, der unverwüstlichen Bistro-Bedienung, die schon seit der Gründung der Kneipe hinterm Tresen stand. Und die war immerhin schon 1968 gewesen. Dementsprechend auch die 60er-Jahre-Einrichtung des Lokals: Raufaserwände, wacklige, tiefe Hocker mit olivgrünem, teilweise fleckigem Lederpolsterbezug und schäbige Granittische. An einem der Stehtische prangte ein kleines Schild. „Nicht auf den Boden spucken!“, war darauf zu lesen.

Gisela hob nur den Kopf leicht an und nickte ihnen kaum merklich zu. Zwei Minuten später standen zwei frisch gezapfte Rothausbier vor den beiden.

„Unsere Gisela“, strahlte Klaus. Die Mitfünfzigerin war so ziemlich die pfiffigste Bedienung, die sie kannten – und dabei so gar nicht aufdringlich.

Kaum war der erste kräftige Schluck hinuntergespült, da schallte es „Hallihallo“ aus dem Hintergrund. Edelbert Burgbacher schlappte rein. Mitte 40, barocke Figur, kahlrasiertes Haupt, langer Armani-Mantel und obligatorischer Künstlerschal. Edelbert war nicht irgendein Gast im Bistro. Er war der Paradiesvogel in Villingens Kneipenszene und Kulturlandschaft. Mochte er auch tagsüber nur ein Angestellter beim Landratsamt sein; mit seinen Inszenierungen im kleinen Amateurtheater an der Stadtmauer verzückte er immer wieder die kulturinteressierte Gemeinde. Und abends nach Proben- oder Vorstellungsschluss unterhielt der Impresario die Nachtschwärmer mit monologischen Wortschwällen, vorzugsweise im Bistro.

„Mord im Eisstadion“, begrüßte Klaus den Neuankömmling, der bereits von Gisela ein Viertel Trollinger vor die Nase gestellt bekommen hatte.

„Ist das ein Stück für die nächste Spielzeit in unserem Zähringer-Theater?“, fragte Edelbert verwundert und schlürfte genüsslich an seinem Glas.

„Nein, das ist die Umschreibung für das, was heute Abend bei den ‘Wild Wings’ passiert ist“, erläuterte Hubertus.

„Beim SERC“, murmelte Klaus.

„Ihr wollt mich wohl verarschen“, herrschte Burgbacher die beiden an und zog eine Schachtel Reval ohne Filter hervor. „Gisela, ich hab‘ einen Mordshunger. Ein Hackfleischbrötchen, wenn ich bitten darf“, schallte es zum Tresen hinüber. Edelberts tiefer und rauchiger Bass ließ alle aufhorchen, nicht nur auf der Bühne.

Klaus und Hubertus erzählten ihrem Freund, was vorgefallen war.

„Mord im Eisstadion, hach, eine Provinzposse. Das ist ja noch schlechter als die Boulevardkomödien, die sie im Stadttheater zum Besten geben", kommentierte Edelbert verächtlich. „Schade um diesen Mielke", schob er gleich nach. „Na ja, er war vielleicht etwas einfältig, aber ein wunderschöner Mann. Einfach traumhaft", säuselte er und biss so kräftig in sein Brötchen, dass der Ketchup herausquoll. Er schleckte sich die Finger ab und seufzte kauend: „Ein wirklicher Recke. Lecker!"

Edelbert nahm kein Blatt vor den Mund. Er war schwul und kokettierte nach Kräften damit.

„Seltsam. Ich hörte letzte Woche zufällig noch von einer meiner Schauspielerinnen, dass dieser Mielke in ganz dubiosen Kreisen verkehrt, ich meine, verkehrte. Jetzt kann er das ja nicht mehr", stellte Edelbert trocken, aber laut schmatzend fest.

„Dubiose Kreise?", fragte Klaus nach. Burgbacher rieb Daumen und Zeigefinger aneinander. „Der war Spieler", mampfte er. „Konstanz."

Hubertus staunte, obwohl er nur mit einem Ohr zuhören konnte. Er saß mit dem Rücken zum Nebentisch, wo sich ebenfalls Eishockey-Fans über den Mord das Maul zerredeten. Schlechte Nachrichten machten offenbar schnell die Runde. Und die drei Punkte gegen Mannheim interessierten keinen mehr.

„Der Mielke", meinte einer der Trinker, „guter Mann, seit über zehn Jahren in unserem Verein."

„Guter Mann?", widersprach sein Tischnachbar. „Das Schwein hat beim letzten Fasnetsball in der Tonhalle mit meiner Frau rumgemacht."

„Nicht nur mit deiner", schaltete sich ein weiterer Gast

ein. Mielke schien ein spannenderes Privatleben gehabt zu haben, als die gutbürgerliche Hülle es hätte vermuten lassen.

Hubertus wandte sich wieder Burgbacher und Klaus zu, denn er hatte einen Entschluss gefasst. „Wir Lehrer sind doch immer die Idioten", begann er seine Rede. In punkto Monologen konnte er es durchaus mit Burgbacher aufnehmen. „Die Eltern versagen, die Gesellschaft versagt, aber wir sollen's richten. Klar: Am schlechten Abschneiden in der PISA-Studie haben wir Lehrer ja auch Schuld. Im schlimmsten Fall haben's dann wie in Erfurt noch Amok laufende Schüler auf uns abgesehen. Und jetzt wird unsereins schon im Eisstadion abgeknallt."

Er hielt kurz inne und spürte eine Verantwortung in sich wachsen wie einst Romäus, der der Sage zufolge vor 500 Jahren das Rottweiler Stadttor stiebitzt und die 25 Kilometer nach Villingen getragen hatte. Der legendäre Lokalheld, dem eine Größe von über zwei Metern nachgesagt wurde, fiel der Sage zufolge als Söldner in der Schlacht bei Novara 1513.

„Ich werde diesen Fall lösen", verkündete Hubertus derweil nicht mehr ganz nüchtern, dafür mit umso mehr Pathos. Und wandte sich an seinen Tischnachbarn: „Mensch Klaus, wir wollten doch schon lange mal unser Glück im Casino versuchen. Lass uns morgen nach Konstanz fahren."

Klaus musste er nicht lange bitten. Der witterte schon die heiße Story.

„Passt bloß auf euch auf, Jungs", mahnte Gisela, die gerade mit dem Tablett vorbeikam.

„Hey, Papa, was machst du denn mit deiner Alt-Männer-Riege hier?", piepste es plötzlich höhnisch von zwei

Tischen weiter her. Martina, die Tochter von Hubertus und Elke, prostete ihrem Papa mit einem Glas Weißweinschorle zu. Hubertus grinste etwas gequält und wandte dann den Blick wieder in Richtung seiner Trinkkumpane.

„Nicht mal mehr in seiner Stammkneipe bleibt man unbehelligt. Jetzt erobert diese gepiercte Bande auch noch unsere letzte Stammburg", fauchte er, während er bei Gisela per Blick erneut eine weitere Runde bestellte. Dass Martina offenbar einige der von ihm gestifteten Euro in seinem Lokal umsetzte, ging ihm gewaltig auf den Senkel.

„Der Apfel fällt nicht weit vom Stamm", zog Edelbert Hubertus auf.

„Bleib cool, Alter", beruhigte Klaus. „Die Jugend will auch auf ihre Kosten kommen."

„Aber können die sich nicht ihre eigene Kneipe suchen", raunzte Hubertus seine Kumpels an.

Hier hatte er sein erstes Bier getrunken. An seine Jugendzeit fühlte er sich im Bistro erinnert, an die wilden 70er, als man Schlaghosen trug und der Gang zum Friseur verpönt war. Hier hatte er mit Elke zum ersten Mal rumgeknutscht. Wie ein Jungbrunnen wirkten die Bistrogänge mit alten Freunden auf ihn. Und jetzt tauchte Martina hier mit ihren Bubis auf.

Noch zwei-, dreimal musste Gisela nachschenken, ehe Edelbert den traditionellen Schlummertrunk ausgab. Dann schlichen sich Klaus und Hubertus durch die klirrend kalte Altstadt nach Hause; den Kadett hatten sie auf dem Rathausparkplatz stehen lassen.

Edelbert blieb noch für einen weiteren Absacker im Bistro. Er musste immer der Letzte sein.

Hubertus hatte kräftig geladen, aber die eisige Schwarzwaldluft ging durch Mark und Bein und machte selbst einem Betrunkenen zu schaffen.

„Scheißkaltes Kaff“, schimpfte Klaus und verabschiedete sich an der Abzweigung Saarlandstraße/Abt-Gaiser-Straße in Richtung seiner Wohnung in der Flachdachsiedlung Hammerhalde. Hier hatte in den 70er-Jahren fast jeder, der es sich leisten konnte, sein Einfamilienhaus hingesetzt. Klaus wohnte hingegen in einem der zehnstöckigen Wohnblöcke in der Tallardstraße, deren Name an die nicht immer friedlichen Verbindungen Villingens zu Frankreich erinnerte. Tapfer hatten sich die Villinger Bürger gegen die Beschießung durch die Truppen des berühmten Marschalls Tallard im Juli 1704 gewehrt. Als die Franzosen von der Lorettohöhe aus die Stadtbefestigung schließlich fast sturmreif geschossen hatten, musste Tallard die Belagerung wegen des Kriegsverlaufs überstürzt abbrechen. Einige Villinger hatten den Truppenabzug freilich nur dem heldenhaften Widerstand der eigenen Bürger zugeschrieben.

„Frier Dir auf dem Nachhauseweg nichts ab“, rief Hubertus seinem Kumpel nach. „Ich brauch‘ dich morgen noch. Wir räumen nämlich die Spielbank aus.“

4. Der Seitensprung

Carolin Mielke war es Leid. Es schien ihr gerade so, als wäre sie mit einem Phantom verheiratet. Nein, Gewissensbisse würde sie sich keine mehr machen. Und die Nachbarn in Pfaffenweiler, dem kleinen Vorort westlich von Villingen, sollten ruhig tratschen. Ohnehin zerrissen sich einige über das Ehepaar Mielke schon länger das Maul. Ihr Mann Herbert galt allenthalben als Hallodri.

Nein, sie würde heute Abend keine Skrupel haben und Michael, den braun gebrannten und durchtrainierten Leiter eines örtlichen Fitnessstudios, empfangen und nach allen Regeln der Kunst verführen. Sie hatte ihn vor zwei Wochen in einem der vielen Lokale in Villingens Kneipenmeile Färberstraße – nämlich dem „Gasthaus Ott“ – kennengelernt und heftig mit ihm geflirtet.

„Kochst du etwa so tolle Sachen nur für die Landfrauen?“, hatte Herbert noch hämisch gefragt, als er sich aus dem Haus machte.

„Natürlich“, hatte sie ihm forsch nachgerufen, „und danach fahren wir nach Villingen auf Landfrauen-Kneipentour.“ Um dies vorzutäuschen, hatte sie auch den Mielke'schen Familienwagen reserviert, obgleich sie ihn heute gar nicht brauchte.

Eigentlich wunderte sie sich, dass sie sich noch so viel Mühe machte, den Betrug vor ihrem Ehemann zu vertuschen. Herbert und sie hatten doch schon seit Monaten nicht mehr miteinander geschlafen. Schlimmer noch: Sie sprachen kaum noch ein Wort miteinander. Sicher hatte sie ihren Teil dazu beigetragen, aber vor allem Herbert war es gewesen, der sich zusehends zurückzog und nur noch auf Achse war. Und dies nicht nur der vielen Vereine wegen: Oft roch er nach den unterschiedlichsten Frauenparfüms, wenn er nach Hause kam. Sie hatte schon mehrfach erwogen, ihm getrennte Schlafzimmer vorzuschlagen. Fast noch schlimmer als Herberts nächtliche Streifzüge und das Alleinsein war, dass sie das Bett mit einem Mann teilen musste, der nach anderen Frauen roch, wenn er spät nachts unter die eheliche Bettdecke kroch. Das ekelte sie geradezu an. Und jedes Mal, wenn sie ihn zu Rede stellte, stritt er alles kategorisch ab. Dabei wusste das halbe Dorf, dass er ein Herumtreiber war.

An Verehrern hatte es der brünetten Carolin mit ihrer sportlichen Figur und dem offenen Wesen nicht gemangelt. Ihre Freundin Ingrid aus Bad Dürrheim hatte sie immer wieder ermuntert anzubandeln. Doch 15 Jahre ihrer Ehe war sie standhaft geblieben; bis auf das eine Mal vor ein paar Monaten, als sie mit einem Kollegen ihres Mannes intim geworden war. Es hatte ihr nichts bedeutet, sie hatte den Gefährten nicht mal attraktiv gefunden. Eher war es ein Ausdruck ihrer Verzweiflung gewesen. Ihre Kinder mochten ein Grund dafür gewesen sein, warum sie Herbert so lange treu geblieben war und ihre Ehe noch hatte retten wollen. Doch im Laufe der letzten Monate war alles immer unerträglicher geworden. Gleichgültigkeit hatte sich zwischen ihnen breit gemacht.

Heute Abend aber hatte sie dem zehnjährigen Kai und der 13-jährigen Nicole erlaubt, bei Freunden zu übernachten. Ohnehin wurden beide zusehends selbständiger. Eines Tages würde sie ganz alleine dastehen, ohne das Leben richtig ausgekostet zu haben. Nein, damit sollte jetzt Schluss sein. Die heutige Nacht sollte eine Liebesnacht werden. Zeit genug hatte sie dazu, denn Herbert würde sich nach dem Eishockey ohnehin wieder der Nachtschwärmerei hingeben. Vielleicht ging er sogar wieder in ein Bordell. Ingrid, die ebenfalls Lehrerin war, hatte derartigen Tratsch mal an sie weitergegeben.

Es klingelte. Endlich. Michael stand mit einem riesengroßen Strauß roter Rosen vor der Tür. Wie sollte sie das morgen bloß Herbert erklären? Sie schob den Gedanken beiseite, ehe sie ihn begonnen hatte. Wahrscheinlich würde ihm das gar nicht auffallen. Und Herbert hatte sich ja auch kein schlechtes Gewissen dabei gemacht, sie jahrelang zu vernachlässigen und zu hintergehen.

Sie zog den sportlichen Verehrer schnell ins Haus. Die Nachbarn sollten ja nicht unbedingt mehr als notwendig zu Ratsch und Tratsch verleitet werden.

„Wie lecker es hier duftet und wie verlockend du aussiehst", hauchte ihr Michael ins Ohr, als er sie zärtlich auf die Wange küsste und ihre Hüften umfasste.

„Entenbrust in Rotweinsoße. Als Vorspeise italienische Bruschetta mit Tomaten und frischem Basilikum und als Nachspeise selbst gemachtes Tiramisù", säuselte Carolin und strich Michael zärtlich über die rechte Wange, bevor sie mit einem verführerischen Lächeln auftrug.

Das Essen war ein voller Erfolg und der Corvo, ein lebhafter sizilianischer Rotwein, bei dem man die Kraft der Sonne herausschmeckte, war dazu angetan, die letzten Hemmungen zu überwinden. Spätestens beim Tiramisù gab es kein Halten mehr. Carolin hatte Michael einen Löffel von dem leckeren Dessert vor den Mund gestreckt. Der hatte ihn lustvoll abgeleckt, dabei aber nicht Halt vor ihrer Hand gemacht. Der Nachtisch musste warten, denn beide konnten sich nun nicht mehr beherrschen. Ehe sie sich versah, lagen sie splitternackt auf dem Dielenboden.

Es war nicht schwierig gewesen, Michael zu verführen.

Danach gab es charmante Komplimente von ihm, den selbst gemachten Nachttisch und einen Espresso. Carolin fühlte sich endlich wieder begehrt. Michael schien überhaupt nicht genug von ihr zu bekommen. Der sportliche Eindruck hatte sie nicht getäuscht. Gerade begannen sie wieder, sich einander innig zu widmen, als es an der Tür klingelte.

Carolin schreckte auf, ließ von ihrem Liebhaber ab und starrte auf die Wanduhr. „Erst kurz nach elf. Mein Mann wird doch nicht zum ersten Mal seit Jahren so früh nach Hause kommen. Und warum klingelt er? Du musst verschwinden", hieß sie ihren Liebhaber.

Eilig suchten sie ihre Klamotten im Esszimmer zusammen, was seine Zeit dauerte. In der Zwischenzeit hatte es noch zweimal heftiger an der Haustüre geschellt. Schlampig angekleidet wurde Michael wie ein räudiger Hund über die Veranda verabschiedet. Carolin strich sich die Haare einigermaßen zurecht und schritt zur Haustüre – bemüht, nicht allzu gehetzt zu wirken. Sie öffnete die Tür.

Vor ihr stand ein hagerer Mann mit Nickelbrille und Mittelscheitel, neben ihm zwei Männer in Polizeiuniform.

„Sind Sie Frau Mielke?", fragte der Mann in Zivil.

„Ja, das bin ich. Was gibt es denn?"

„Kriminalpolizei. Entschuldigen Sie, dass wir Sturm geklingelt haben. Wir dachten schon, es sei niemand zu Hause, aber da Licht brannte, zogen wir doch den Schluss, dass jemand da sein müsse", erklärte er etwas umständlich und schaute verlegen die zwei Beamten neben sich an.

„Ja und? Was gibt es denn nun?", wurde Carolin

Mielke energischer. Hatte sie etwa ihr lustvolles Liebesspiel nur jäh unterbrochen, weil die doppelstädtische Polizei gerade wieder auf Einbrecherjagd in den Vororten war? Gerade in den Wintermonaten hatten die Einbrüche in der Umgebung zugenommen, erinnerte sich Carolin am Morgen im „Schwarzwälder Kurier“ gelesen zu haben.

„Frau Mielke. Sie müssen jetzt sehr stark sein“, setzte der Brillenträger erneut an und kniff die Lippen zusammen. „Ihr Mann ist tot.“

„Was sagen Sie da?“ Carolin Mielke war wie vom Blitz getroffen. Herbert tot? Vermutlich gestorben, während sie sich mit Michael leidenschaftlich geliebt hatte. Völlig absurd. Sie brach in hysterisches Lachen aus, um dann einen heftigen Weinkrampf zu bekommen. Einer der Beamten nahm sie tröstend in den Arm.

Nach einigen Minuten hatte sie sich wieder etwas beruhigt. Natürlich hatte sie Herbert nicht mehr geliebt. Manches Mal hatte sie sich sogar gewünscht, ihn niemals in ihrem Leben getroffen zu haben. Aber dass er tot sein sollte, das war nun doch ein unglaublicher Schock. „Wie ist es geschehen?“, fragte sie, immer noch schluchzend.

„Er wurde im Eisstadion während des Mannheim-Spiels erschossen“, entgegnete ihr der Mann mit der Nickelbrille, der immer noch etwas fahrig wirkte.

„Was sagen Sie da? Erschossen?“ Carolin Mielke schien ehrlich fassungslos.

„Entschuldigen Sie, dass ich mich Ihnen noch gar nicht vorgestellt habe“, murmelte Müller unbeeindruckt. „Kriminalhauptkommissar Stefan Müller, Kripo Villingen-Schwenningen. Und das sind meine Kollegen Brüderle und Klausmann. Dürfen wir kurz hereinkommen und Ihnen ein paar Fragen stellen? Natürlich nur, wenn Sie sich dazu imstande fühlen. Aber hier draußen ist es doch grimmig kalt.“ Der Kommissar rieb sich die Hände, die von der eisigen Luft ganz rot geworden waren.

Carolin Mielke bat die drei herein und lotste sie sogleich in die Küche, indem sie den Herren einen heißen Tee anbot. „Oh, das wäre jetzt bei der Eiseskälte genau das Richtige“, entgegnete der Kommissar und musterte den Eingangsbereich mit Stielaugen, als ginge es darum, bereits Hinweise auf den Mord zu finden.

Während Carolin Mielke das heiße Getränk aufbrühte, ging Müller in der Küche umher und berichtete detailliert von der Ermordung ihres Ehemannes im Bauchenbergstadion. Der Kommissar steckte auch seinen Kopf in die Durchreiche, die einen Blick in das Esszimmer und auf den Esstisch gewährte. „Hatten Sie Besuch heute Abend?“, unterbrach er seinen Bericht. „Der Tisch ist so reich gedeckt.“

Carolin Mielke wurde etwas verlegen. Was sollte sie der Polizei erzählen? Dass sie ein Schäferstündchen abgehalten hatte, während ihr Mann ins Jenseits befördert worden war? Sie wollte Michael da nicht mit hineinziehen. „Ich hatte ein paar Freundinnen zum Essen da.“ Nun hatte sie ihre Fassung wieder gefunden.

„Wer könnte Ihren Mann umgebracht haben? Haben Sie irgendeine Vorstellung? Hatte er Feinde? Trachtete ihm vielleicht jemand nach dem Leben?“, bombardierte Müller Carolin gleich mit einem Fragenkatalog.

„Ich will ehrlich zu Ihnen sein“, setzte sie nüchtern an. „Mein Mann und ich, wir hatten uns vollständig auseinander gelebt. Er war meist unterwegs auf Vereinssitzungen oder nächtlichen Vergnügungstouren. Wir waren uns fremd geworden. Deshalb kann ich Ihnen auch leider nicht weiterhelfen. Das Privatleben meines Mannes hat sich mir nicht mehr erschlossen.“

„Dürfen wir uns ein wenig bei Ihnen umschauen?“, fragte Müller und schaute Carolin dabei durch die Gläser seiner Nickelbrille an, als wolle er sie durchleuchten.

„Selbstverständlich“, entgegnete sie. „Vielleicht finden Sie ja einen sachdienlichen Hinweis.“ So ähnlich hatte es doch bei „Aktenzeichen XY“ immer geheißen. „Stört es Sie, wenn ich derweil etwas Ordnung schaffe?“

Es störte die Beamten nicht. Doch bevor Carolin Mielke den Tisch abräumen konnte, hatten Müller und seine Begleiter schon einen Blick auf die Tafel geworfen. „Nanu, das sind ja nur zwei Gedecke. Sie hatten doch von mehreren Freundinnen gesprochen, nicht wahr?“ Hauptkommissar Müller schob die Brille mit dem Zeigefinger an die Nase heran und runzelte die Stirn. Carolin wurde nun noch verlegener. „Ich äh ... ich hatte mich falsch ausgedrückt. Es ist nur eine Freundin da gewesen.“

„Und dabei hat Ihnen Ihre Freundin wohl einen Strauß rote Rosen mitgebracht?“, ließ Müller nicht locker und deutete auf die Blumen auf der Kommode.

„Die habe ich von meinem Mann bekommen“, kam es Carolin spontan über die Lippen.

„Von einem Ehemann, mit dem sie überhaupt nichts mehr gemein hatten? Merkwürdig“, konterte der Kommissar.

Carolin ärgerte sich über sich selbst. Sie hatte sich, ehe sie sich versah, total in Widersprüche verstrickt. Sie wusste sich nun nicht mehr zu helfen und brach erneut in Tränen aus, woraufhin der Beamte, der sie kurz zuvor noch getröstet hatte, Müller scharf ansah und meinte: „Herr Hauptkommissar. Ich glaube, es reicht für heute. Sie sehen doch, dass die Frau fix und fertig ist.“

„Schon gut, Klausmann“, gab Müller zurück. Er ließ den Blick nochmals durchs Esszimmer schweifen. „Sie haben Recht. Es ist wohl besser, wir lassen sie jetzt alleine." Müller forderte seine Beamten zum Gehen auf und ging voran. Auf der Türschwelle gab er Carolin Mielke seine Karte: „Schauen Sie doch morgen früh um elf mal bei uns auf dem Revier vorbei. Wir arbeiten auch am Wochenende. Und ich hätte da noch so einige Fragen zum Umfeld Ihres Mannes." Dann stapften die drei unter knirschenden Schritten auf dem schneebedeckten Eingangsweg in Richtung „Tannhörnle" davon.

Carolin Mielke blickte zum klaren Sternenhimmel empor. Herbert war weiß Gott ein elendig schlechter Ehemann gewesen. Aber so ein Ende hatte er nun wirklich nicht verdient. „Die Kinder", schoss es ihr durch den Kopf. „Wie bringe ich das bloß den Kindern bei?", jammerte sie vor sich hin. Morgen. Überhaupt musste sie nachdenken.

5. MARKTZEIT

Beim Frühstück war Hubertus sehr schweigsam. Kein Wunder: Ihm schlugen der Mord, die acht Bier und heute Morgen auch Martinas Anwesenheit auf den Magen. Die saß ihm gegenüber, war erstaunlich wach und studierte mit ihren grünen Augen den „Schwarzwälder Kurier“: „Schau mal, die Meldung hier oben“, rief sie vergnügt und bohrte mit einem Finger in ihrer Stupsnase, die mit Sommersprossen übersät war. „Unbekannter erschießt Lehrer im Eisstadion. Größere Buchstaben hatten sie wohl nicht?“

Hubertus kaute zunächst schweigend weiter. „Sag mal“, meinte er dann. „Hast du denn gar keine Manieren mehr? Und überhaupt: Könnt ihr euch eigentlich nicht 'ne eigene Stammkneipe suchen?“ Seine Tochter antwortete nicht, behielt aber ihre gute Stimmung bei. „Ich bin dann mal weg“, sagte sie. Hubertus hörte das Zuschlagen der Haustür. Er seufzte. Kinder zu erziehen, war nicht einfach.

Die Villinger Innenstadt zierte drei prächtige Tore. Ein viertes war der Stadtentwicklung zum Opfer gefallen. Die vier kreuzförmig angeordneten Hauptstraßen kündeten von der Jahrhunderte währenden Dominanz des Zähringer-Geschlechtes. Am Samstagmorgen herrschte in der Innenstadt stets dichtes Gedränge. Fast alle Einwohner schienen sich trotz eines jüngst eröffneten Riesen-Einkaufszentrums auf der grünen Wiese im Zentralbereich zwischen Villingen und Schwenningen in die Fußgängerzone verirrt zu haben. Kaufen, sehen und gesehen werden, lautete das Motto. Und das obligatorische Schwätzchen durfte dabei natürlich nicht fehlen.

Hubertus trat auf den Münsterplatz. Schon als kleiner Bub hatte er diesen Platz geliebt, war sofort hellwach gewesen, wenn seine Mutter ihn am Samstagmorgen ganz früh geweckt hatte, um mit ihm auf den Villinger Wochenmarkt zu gehen. Er liebte die Farben und Gerüche, die Vielfalt an Obst, Gemüse und Blumen, den Duft von frisch geräuchertem Schwarzwälder Schinkenspeck und die freundlichen Marktfrauen, die ihm hier und da etwas zusteckten. Auch das Münster mit seinen beiden in den zartblauen Morgenhimmel ragenden Türmen mit den bunten Ziegeln ließen ihm immer wieder das Herz aufgehen – er hing an seiner Heimatstadt. Damals, als Elke nach dem Studium mit ihm in Freiburg bleiben wollte, hatte er sich durchgesetzt, hatte darauf bestanden, dass das Villinger Münster durch kein anderes zu ersetzen und der Villinger Wochenmarkt der schönste in ganz Baden war.

Hubertus seufzte: Vielleicht wäre ja alles anders gelaufen, wenn er damals mehr auf sie eingegangen wäre ... Aber diesen Platz hätte er für nichts und niemanden eingetauscht, und Frauen wollten sowieso andauernd etwas anderes, da durfte man auch nicht immer nachgeben.

Im Laufe der Jahrzehnte hatte sich einiges verändert: Obst- und Gemüsestände waren zu „Bio"-Obst- und Gemüseständen geworden, Wurst gab es überwiegend nur noch von glücklichen Tieren, geschlachtet von glücklichen Metzgern, und der Käsehändler hatte einen Ring im Ohr und verkaufte Käse mit völlig verwirrenden Namen, die nur Kollegen fehlerfrei aussprechen konnten, die zwei Stände weiter auch eingelegte Oliven kauften und ihre

Urlaube wahlweise in Südfrankreich oder der Toskana verbrachten.
Nicht, dass Hubertus nicht auch dort schon anzutreffen gewesen wäre. Aber in diesem Sinne war er bodenständig: Er sprach die Käsenamen immer so aus, wie er sich vorstellte, dass es die Verkäuferinnen tun würden. Das sei vertrauensbildend, hatte er Martina einmal erklärt.

Auch die Portale des „Unserer lieben Frau" gewidmeten Münsters waren ausgetauscht worden: Ein Künstler aus dem wenige Kilometer entfernten Touristik- und Wintersportort Schonach hatte sie zusammen mit einem neuen Münsterbrunnen gestaltet und auf diesem Persönlichkeiten des öffentlichen Villinger Lebens verewigt; die Zuordnung war bis heute sein Geheimnis geblieben.

Hubertus näherte sich, noch in Gedanken an den damaligen Skandal, dem Stand, an dem er immer seinen ökologischen Honig kaufte.

„Habet se scho g'hört?", fragte die Marktfrau und riss ihn jäh aus seinen Gedanken heraus. „En Dote beim Eishockey. Es isch e verrückte Welt." Er nickte geistesabwesend und schlenderte zu seinem Stamm-Gemüsehändler.

„Huby, hast du das schon mit Mielke gehört?", kam es ihm von dort entgegen. Leider hatte es sich Elke während ihrer nunmehr 17 Jahre währenden Ehe auch angewöhnt, bei Franz Lederer aus Appenweier einzukaufen.

Den Anblick seiner Noch-Ehefrau konnte er ja ertragen – schließlich fand er sie immer noch sehr attraktiv –, doch den schmierigen Bröse hätte er sich an diesem Morgen gerne erspart. Und beide zusammen waren für ihn wie Gift und Galle.

„Sie waren doch gestern sicher auch bei den Wild Wings.

Haben Sie nichts davon mitbekommen?", mischte sich dieser Möchtegern-Staranwalt denn auch gleich neugierig ein.

„SERC", verbesserte ihn Hubertus. „Ja, ich hab's von weitem gesehen. Viel Aufregung", berichtete er wortkarg. Er hatte keine Lust, den beiden alles detailgenau zu erzählen.

„Wenn sie den Mörder haben, sag' ich's Ihnen", blaffte er dann den Anwalt an. „Dann können Sie ihn ja verteidigen."

Nun wandte er sich seiner Noch-Gattin zu: „Und, wie geht es unserer Esoterikerin auf Selbstfindungstrip?", fragte Hubertus aggressiv.

„Ach, Huby", beschwichtigte Elke. „Es gibt schon genug Menschen, die im Unreinen mit sich sind. Lass uns doch freundschaftlich miteinander umgehen. Du hast zurzeit ein ungeheuer schlechtes Karma."

„Pah", entgegnete Hubertus. „Karma." Er spuckte das Wort regelrecht aus. „Wenn du dich ausgesponnen hast, kannst du dich ja wieder reumütig bei mir melden ... ich meine, bei uns melden. Du hast nämlich eine Tochter – und die braucht mehr als ein Piercing!"

„Ha, das hatte gut getan, denen mal einzuschenken", dachte er sich.

Er machte sich eilig und wortlos davon, zumal er drei Stände weiter den blassen Ziegler erblickt hatte. Das Gemüse konnte warten, der Fall Mielke hatte Vorrang. „Zeit dafür habe ich nach Elkes Auszug ja eh genug", dachte er sich. „Mein Gott, was findet die bloß an diesem ekelhaften Typen", murmelte er vor sich hin. „Wenn er wenigstens sympathisch wäre."

Er marschierte schnurstracks auf Ziegler zu und tippte ihm auf die Schulter. „Morgen Ziegler, wie geht's?"

Ziegler zuckte zusammen. „Herr Hummel", sagte er mit seiner leisen Stimme, als er sich wieder halbwegs gefasst hatte. Er nahm seine Brille ab und rieb sie mit einem Taschentuch sauber. „Ich habe die ganze Nacht kein Auge zugetan", berichtete er dann.

Hubertus fragte nach: „Wie gut kannten Sie Mielke denn?"

„Nicht sehr gut. Ein, zweimal im Jahr gingen wir zum Eishockey. Und manches bekomme selbst ich mit."

„Was denn?"

„Ich will nicht im Privatleben Mielkes wühlen, jetzt wo er ..."

Hubertus legte eine Hand auf Zieglers Schulter: „Die Frauengeschichten, ich weiß ..."

„Ich weiß nur von einer", sagte Ziegler leise.

„Welcher?"

„Der Spielerfrau."

„Der Spielerfrau??"

„Na, die Frau des neuen Kanadiers der Wild Wings. Willy."

Hubertus war so verblüfft, dass er ganz vergaß, Ziegler zu korrigieren und „des SERC" zu sagen.

„Ich hätte das nicht sagen sollen", machte sich Ziegler Vorwürfe. „Entschuldigen Sie. Ich bin noch ganz durcheinander."

Hubertus spürte Mitleid mit dem Kollegen. „Ich werde den Fall lösen", eröffnete er Ziegler.

Wenn er gedacht hätte, der Kollege würde ihn nun dazu beglückwünschen, sah sich Hubertus getäuscht. Ziegler starrte ihn nur verständnislos an und seufzte: „Ach, Herr Hummel." Dann nickte er kurz zum Abschied und ging in Richtung Benediktinerring davon.

Hubertus schüttelte den Kopf. Ziegler mochte für die Verhältnisse seines Berufsstandes sehr wohlhabend sein –

seiner Familie gehörten mehrere Häuser in Villingen und Umgebung –, aber es fehlte ihm eindeutig an Dynamik. Er war im Grunde keine Zierde für die Lehrerschaft. Andererseits: Er selbst wollte auch nicht direkt neben einem Mordopfer gesessen haben.

Doch jetzt schnell noch zum Obst- und Gemüsestand, ehe man noch mal Elke und ihrem Rechtsverdreher begegnete. Und um das zu vermeiden, suchte sich Hubertus diesmal einen anderen Stand aus. „Adolf Schmittler, Dauchingen", klärte das Schild auf einem Stand ganz hinten auf dem Wochenmarkt auf.

„Habet' se scho g'hört? In Schwenninge isch geschtern en Mord beim Eishockei passiert", begrüßte ihn der Markthändler mit unverkennbar schwäbischem Einschlag. Hubertus knurrte nur, was Schmittler indes nicht vom Weiterreden abhielt.

„Wisset se, s'wird ja viel verzellt", meinte der.

„Und was?", schnaubte Hubertus.

„Der Ma' soll jo im Dings, im Milieu, verkehrt honn."

„In welchem Milieu?", fragte Hubertus nun schon etwas neugieriger.

„I han'en jo nit kennt. Aber sie wisset, die Kunde schwätze halt."

„In welchem Milieu?", fragte Hubertus nun schon lauter.

„Ha, im, sie wisset scho' ..."

„Im Schwulen-Milieu?", fragte Hubertus nun schon so laut, dass andere Kunden ihn entsetzt anschauten.

Schmittler errötete. „Ha, noi. In de Rotlichtbars", erläuterte er nun endlich.

Hubertus schüttelte den Kopf, nahm seine Einkäufe und machte sich auf den Weg zurück in die Vom-Stein-Straße. Entweder Mielke war der Casanova der Doppelstadt, oder die Leute tratschten einfach zu viel.

Am Riettor begegnete er dem Lehrer-Ehepaar Hübner. Er gab Französisch und Latein, sie unterrichtete Religion und leitete die Spanisch AG der Schule. „Kollege, haben Sie schon gehört?“, sagten die beiden aufgeregt und beinahe synchron. Hubertus winkte ab und ließ sie stehen. Er wollte nachdenken.

6. Nichts geht mehr

„Papa, ich will mit“, quengelte Martina, als Hubertus sich die Krawatte umband. Das stolze Stück hatte ihm Elke zum 40. Geburtstag geschenkt: von ihr handbepinselt, Seidenmalerei. Der Kurs in der Volkshochschule war nicht vergeblich gewesen.

Es machte ihn krank, dass er immer wieder an Elke erinnert wurde. Für seine schlechte Laune musste nun Martina büßen: „So kleine Gören wie dich lassen die noch nicht mal an der Casinobar eine Cola trinken. 21 ist die Altersgrenze. Das hatte ich dir doch schon gesagt“, motzte Hubertus sein unzufriedenes Fräulein Tochter an. Und überhaupt: Nur weil Martina sich heute Abend nur Absagen eingefangen hatte, wollte sie jetzt plötzlich auf Vater – Tochter machen. Die kam ihm gerade recht. Sollte sie doch vor dem Fernseher vor Langeweile vergehen.

„Und denk d'ran, mein Schatz. Ab Mitternacht beginnt dein Schönheitsschlaf“, befahl Hubertus in höhnischem Tonfall und knallte die Haustür hinter sich zu. Einen hatte er aber noch. Er schloss wieder auf und rief ihr zu: „Wenn ich schon nicht da bin: Heute Abend kannst du ja ein letztes Mal ins Bistro gehen.“

Klaus wartete schon an der Gartentür. „Nanu, normalerweise treffen wir uns doch an der Saarlandstraße“, fragte Hubertus verwundert.

„Heute gehen wir doch schick zocken, da hol ich den Monsieur schon direkt von zu Hause ab“, scherzte Klaus. „Deine Bügelfalten hätten doch nur unter dem Fußmarsch gelitten.“

Er selbst trug ein zitronengelbes Sakko, mit dem er schon beim letzten Sportlerball seiner Zeitung in der Neuen Tonhalle Aufsehen erregt hatte.

Dann gab er Gas. Und wie ... Klausi tat wieder mal so, als ging es um den Gewinn der Trossinger Stock-Car-Meisterschaften. Über zehn Jahre hatte er vergeblich versucht, mit seinem alten Ford die begehrte Trophäe zu holen. Wie damals holte er auch jetzt alles aus seinem Opel raus. Ehe sich Hubertus versah, hatten sie schon den Hegaublick hinter sich gelassen. Die Silhouette des Bodensees war gut zu erkennen. Es war trotz der eisigen Kälte ein ausgesprochen schöner und klarer Abend. Im hellen Mondschein waren nicht nur die Alpenkette und der majestätische Säntis schemenhaft zu sehen, sondern auch das spiegelnde Wasser des „Schwäbischen Meeres" in der Ferne. Der Volksmund hatte den See so getauft, obgleich er ja teilweise auch ein badisches Gewässer war.

Hubertus erinnerte sich daran, wie er und Elke gemeinsam mit der Clique zum ersten Mal nachts – und nackt natürlich – im Bodensee gebadet hatten. Mit einer Kiste Bier und Zelt waren sie nach dem Abitur mit seinem VW Käfer gen See getuckert. Er seufzte leise. Fast hätte er die schöne Abendstimmung genossen, hätte Klaus nicht gerade wieder zu einem seiner abenteuerlichen Beschleunigungsmanöver auf der A 81 angesetzt. Zwischen Gaspedal und Fahrzeugboden passte nun kein Haar mehr. Ein Gutes hatte sein Fahrstil: Sie erreichten schnell den See und den Casinoparkplatz.

Kurz darauf betraten sie das vornehm anmutende Casinofoyer: Rote Ledersessel, schweres Eichenmobiliar, die Wände fast vollständig verspiegelt.

„Dem Spieler soll wohl seine gierige Fratze vor Augen geführt werden", witzelte Klaus seinem Freund ins Ohr.

Sie passierten die Einlasskontrolle und betraten durch eine schwere Schwingtür den Spielsaal. Der Kartenkontrolleur hatte ihnen noch eine Spielanleitung in die Hand gedrückt. Offenbar hatte er erkannt, dass sie keine Profis waren.

„Nichts geht mehr“, vernahmen sie am ersten Tisch. Sie hörten die Kugel rollen, fallen und auch das Klackern der Jetons, als anschließend einer der Croupiers das Spielgeld mit einem länglichen Kunststoffrechen, dem „Rateau“, einzog, und ein anderer die Plastikchips fein säuberlich wieder in die Bankkassette einsortierte. Elegant in Zwirn und Gehabe wirkten die Croupiers. Hektisch hingegen sprangen die spielenden Gestalten zwischen den Tischen hin und her, schrien merkwürdige Kommandos wie „Paroli“ oder „Spiel sieben-neun“, von denen Hubertus und Klaus noch nie etwas gehört hatten. Hier und da hörte man ein freudiges Lachen oder einen derben Fluch.

„Gott verdälli“, schimpfte ein kleiner weißhaariger Mann mit Brille und hochgekrempelten Sakkoärmeln; ein Schweizer, der sich offenbar über seine verjubelte Franken ärgerte. Viele seiner Landsleute waren nicht hier – im Gegensatz zu früher. Durch zwei in jüngster Zeit auf Schweizer Seite eröffnete Casinos zogen es viele eidgenössische Stammkunden nunmehr zum Leidwesen der Konstanzer Croupiers vor, ihr Geld im eigenen Land zu verspielen.

„Möchten die Herren sich nicht setzen?“, fragte einer der Croupiers freundlich. „Zwei Plätze sind hier gerade frei geworden. Bitte, Messieurs.“

50 Euro hatte jeder von ihnen an der Kasse umgetauscht. Viel Sitzfleisch würden sie wohl nicht benötigen, um ihr Spielgeld wieder los zu werden. Sie zögerten einen Augenblick, konnten dem höflichen Angebot aber nicht widerstehen und ließen sich nieder.

„Sind wohl zum ersten Mal in Casino“, sprach sie ein korpulenter, schwarzhaariger Mann mit buschigen Augenbrauen und kräftigem Bartwuchs in unverkennbar ausländischem Akzent an.

Hubertus nickte und zog verlegen seine fünf 10er-Jetons hervor.

„Ich Ihnen Spiel erklären.“ Er lächelte schelmisch.

„Ein Cheval und ein Plein für Herrn Josipovic. Das macht 260 Euro.“ Ein Croupier schob dem Tischnachbarn einen Stapel Jetons vor den dicken Bauch.

„Stück für Angestellte“, gab der zurück, nahm einen kleinen Fünfer vom Stapel herunter und warf ihn dem Kopfcroupier gekonnt und jovial zu.

„Ich heiße Radovan und bin aus Bosnien. Sarajevo“, wandte er sich wieder Hubertus und Klaus zu. Die beiden lauschten dem nun folgenden Vortrag über den Variantenreichtum des Roulettespiels.

„Schwätz au' nit so viel, Rado“, rief ihm der Kopfcroupier zu, der den Bosnier offenbar gut kannte. Doch der sprudelte weiter, erzählte von der Spielsucht und davon, wieviel tausend Mark und Euro er schon im Casino hatte liegen lassen.

„Spieler sind vellig verrieckte Leute. Letzte Woche Mann hier tott umfallen.“ Er zeigte auf den roten Teppich zwischen zwei Spieltischen. „Betriebssanitäter von Wechselkasse kommen, aber die Spieler weiter von Tisch zu Tisch springen. Sogar über sterbende Mann drieberhopsen.“ Er schüttelte den Kopf. „Und dabei ihn alle gut kennen. Alle Spieler sich gut kennen.“

„Dann kennen Sie sicher auch Mielke. Mielke aus Villingen-Schwenningen“, hakte Klaus gleich ein, obwohl er gerne noch mehr über die Geschichte mit dem sterbenden Zocker erfahren hätte.

„Mielke. Natierlich! Scheenling und vellig von Roulette

und Black Jack besessen", gab Radovan freimütig Auskunft. „Aber komisch. Samstag normalerweise immer hier. Er mit zwei Thaifrauen kommen und mich und andere um Geld anpumpen."

„Auch Mielke ist tot", fuhr ihm Hubertus ins Wort. „Gestern Abend im Schwenninger Eisstadion erschossen."

„Je-bem-ti", entfuhr Radovan ein derber Fluch. „Mielke tott. Ich werd' verrieckt. Er mir noch 500 Euro schulden."

Hubertus erzählte von dem Mord, während Klaus seinen ersten Jeton vorsichtig auf „Manque" – die Zahlen von 1 bis 18 – schob. „Wir sind Privatdetektive und wollen herauskriegen, warum er umgebracht wurde", fügte Klaus den Erläuterungen seines Freundes energisch hinzu. Hubertus schaute ihn verdutzt an. „Wie unnötig", dachte Hubertus. Radovan hätte auch so weiter geplaudert.

„Mielke viele Probleme habben: Spielsucht, Schulden, viele Frauen ... ich meine Frauen aus Milieu. Er vellig über seine Verhältnisse lebben", fuhr Radovan fort, beugte sich übers Tableau und pflasterte es wieder mit markierten 5-Euro-Jetons voll. Dann schlug er sich vor die Stirn und meinte: „Und ich leihe diese Mann Geld. Rado, Idiott!"

„Mit wem hatte er denn Schwierigkeiten?", fragte Hubertus zielsicher und fühlte sich nun ganz in seinem Element.

„Er Schulden bei so ziemlich jede Zocker habben, aber ich glaube, vor allem Ärger mit Zuhälter von Thaimädels."

„Und wer ist dieser Zuhälter?", fragte Klaus.

„Ihr Thaimädels selber fragen. Ich sie schon gesehen – an Casinobar", antwortete Radovan, den nun so langsam das Glück zu verlassen schien. Die Jetontürme vor ihm wurden zusehends kleiner. Klaus und Hubertus ging es nicht anders, allerdings hatten sie weitaus weniger zu verlieren.

Die beiden plauderten noch ein wenig mit Radovan,

verabschiedeten sich dann aber von ihm – nicht jedoch, ohne sich die Namen von Mielkes regelmäßigen Begleiterinnen geben zu lassen: Chun und Minh.

Riesle und Hummel wanderten in Richtung der Blackjack-Tische und der Casinobar. Zuvor besprachen sie sich noch.

„Keine Alleingänge mehr", fauchte Hubertus Klaus ob der Tatsache an, dass der Freund sie als Detektive vorgestellt hatte. Sie einigten sich diesmal darauf, sich den Thaifrauen gegenüber als gut betuchte Freier auszugeben. Bei dem geschwätzigen Radovan mochte die Sache noch gut gegangen sein. Um im Rotlichtmilieu an brauchbare Informationen zu kommen, mochten „verdeckte Ermittlungen", wie Hubertus sie nannte, durchaus von Nutzen sein.

Es brauchte einige Anläufe, ehe Klaus und Hubertus auf die Richtigen trafen. Zunächst waren sie beim Black-Jack-Spiel gar an einen Transvestiten geraten, der sie sogleich zu einem „flotten Dreier" überreden wollte. Die Freunde lachten verlegen, meinten dann aber, dass sie auf der Suche nach zwei thailändischen Frauen aus dem Raum VS seien. Er – oder sie – gluckste vergnügt und zwinkerte heftig mit den Augen. In dem Geschäft schien man der Konkurrenz durchaus etwas zu gönnen. Der Transvestit packte die beiden am Arm und schleppte sie zu zwei Frauen, die gerade mit einem Saaldiener an der Bar plauderten und immer wieder laut kicherten.

„Chun, Minh", sprach der Transvestit seine Landsfrauen mit leicht krächzender Stimme an. „Es gibt Arbeit für euch. Viel Spaß", verabschiedete er sich laut prustend.

Der Page hatte sich eilig und unauffällig davongemacht.

Klaus und Hubertus hatten freie Bahn für ihre Detektivermittlungen, die nun aber drohten, kostspielig zu werden. Eine Flasche Schampus musste Klaus springen lassen, denn Hubertus hatte seine 50 Euro bereits am Roulettetisch und dann am Black Jack durchgebracht. 38 Euro wollte der Barmann für den edlen Tropfen haben.

„Da lob ich mir die sozialen Preise im Bistro“, flüsterte Klaus seinem Freund ins Ohr. Immerhin reichte die Flasche dafür, den Prostituierten ihren Arbeitsplatz zu entlocken: das Villinger „love-me-Center“.

„Und äh, wie heißt Ihr, äh, Beschützer?“, stotterte Hubertus.

Klaus war professioneller: „Ich kenne den Besitzer eures Etablissements“, gab er sich weltläufig. „Wie heißt er doch gleich wieder?“

„Oh, Herr Häringer“, sagte Chun – oder war es Minh?

„Kenne ihn nur mit Vornamen“, schauspielerte Klaus großkotzig weiter.

„Herr Dietmar Häringer“, gab die Thailänderin bereitwillig Auskunft.

„Richtig“, nickte Klaus.

Weitere Fragen – etwa in punkto Mielke – wurden durch einen bulligen Rausschmeißer-Typen erschwert, der sich auffällig-unauffällig in Hörweite platziert hatte. Außerdem machten die Damen Anstalten, nun körperlich zur Sache zu kommen.

„Lass sie doch“, flüsterte Klaus dem sich unangenehm windenden Hubertus zu. „Vielleicht bekommen wir so noch etwa raus.“

Ein empörter Rippenstoß war Hubertus' Antwort. „Ein andermal gern, meine äh, Damen“, sagte er, verbeugte sich linkisch und meinte: „Wir kommen sicher einmal bei Ihrem, äh, Arbeitsplatz vorbei.“ Dann zerrte er Klaus an dessen Jackett. Mit dem widerstrebenden Kumpel verließ er den Raum unter den bohrenden Blicken des Rausschmeißers wieder in Richtung Spielsaal.

Radovan war nicht mehr zu sehen. Dafür erspähte Hubertus einen ehemaligen Schüler an einem der Tische. An dessen Namen konnte er sich nicht mehr erinnern. Dieser entdeckte ihn jedoch glücklicherweise nicht, denn im Gegensatz zu Klaus fühlte sich Hubertus als Geistesmensch in diesem Casino nicht wirklich wohl. Und ehemalige Schüler wollte er in dieser Atmosphäre schon gar nicht treffen. Womöglich hielt man ihn noch für einen Spieler.

Pech gehabt. Da kam er schon. „Hallo, Herr Hummel", sprach der junge Mann ihn an.

„Äh ... Hallo", murmelte Hubertus. „Ja, ja. Herr ..."

„Uwe. Uwe Münzer. Erinnern Sie sich nicht mehr?"

„Doch, natürlich. Aber mit den Namen ... Entschuldigung. Sind Sie mittlerweile 21, dass Sie hier reindürfen?"

Uwe, in einem karierten und zwei Nummern zu großen Sakko wie einst Uli Stielike, schmunzelte: „Es ist schon neun Jahre her, dass ich von Ihrer Schule abgegangen bin. Ich bin jetzt 26."

„Oh", machte Hummel. Einem weiteren Smalltalk wollte er sich, so gut es ging, entziehen. 26 minus 9 machte 17, rechnete er sich aus. Nein, mit 17 hatte Uwe das Abitur sicher nicht bestanden. Wenn er sich recht erinnerte, war der sogar zweimal sitzen geblieben und dann von der Schule abgegangen. Aber das wollte er nicht vertiefen. Womöglich ließ ihn sein Gedächtnis schon wieder im Stich.

Klaus half ihm. Der warf nämlich im Stile eines coolen Cowboys den letzten verbliebenen 10 Euro-Chip mehrmals in die Luft und fing ihn wieder auf. „Huby! Eine

Zahl. Sag mir eine Zahl", forderte Riesle und schaute ihn voller Tatendrang an.

„17!"

Die Kugel rollte schon wieder; Klaus musste sich beeilen. Er bat einen der Croupiers, ihm die 17 anzusetzen.

„17. Schwarz. Impair. Manque", annoncierte der Croupier am Roulette. Klaus und Huby entfuhr ein wilder Jubelschrei, als hätte der SERC gerade das entscheidende Tor erzielt. 350 Euro würden sie mit nach Hause nehmen ... 340 genaugenommen. „Stück für die Angestellten", rief Hubertus der Croupiermannschaft nämlich freudig zu.

„Glück gehabt", sprach sie ein kleiner, schmächtiger Mann an. Hubertus und Klaus nickten freudig, beachteten ihn aber kaum.

„Sie ermitteln wohl auch im Mordfall Mielke, wie?"

Fast wären Klaus die vielen Jetons vor Schreck aus der Hand gefallen.

„Müller. Stefan Müller. Kripo Villingen-Schwenningen. Sie haben sich doch vorhin mit Herrn Josipovic unterhalten. Darf ich Sie fragen, für welche Detektei Sie arbeiten?", brachte sie der Überraschungsgast weiter in Verlegenheit.

Radovan war in der Tat sehr geschwätzig.

„Da muss es sich um ein Missverständnis ...", setzte Hubertus an.

Doch ehe er sich Gehör verschaffen konnte, fuhr sie der Kommissar an: „Überlassen Sie die Kriminologie den Profis. Und unterstehen Sie sich, unsere Ermittlungen zu behindern."

Er drückte ihnen seine Visitenkarte in die Hand: „Wenn Sie wirklich einmal Hinweise haben, sind Sie verpflichtet, diese weiterzuleiten." Dann ließ er sie unvermittelt stehen.

„Pah. Profis! Dass ich nicht lache", kommentierte

Klaus. „Der Typ muss neu sein. Den kenn' ich noch gar nicht." Er schnitt eine Grimasse und zog dann vom Leder. „Aber der wird uns kennen lernen. Wir waren dem auf alle Fälle einen Schritt voraus. Und überhaupt: Selbst als Spieler waren wir keine Profis und hatten Erfolg."

Riesle wechselte das Spielgeld an der Hauptkasse ein, dann wurde geteilt. Da nun auch Radovan wie vom Erdboden verschluckt war, gab es keinen Grund, länger zu bleiben, zumal der unangenehme Rausschmeißer Hubertus und Klaus schon wieder mit Blicken durchbohrte. Nichts wie weg.

Die Rückfahrt verbrachte Hubertus schnarchend auf dem Beifahrersitz. Das war auch besser so, denn Klaus hatte sich im Überschwang des Casino-Erfolgs vorgenommen, einen neuen Geschwindigkeitsrekord aufzustellen. Der Wagen raste nur so über die A 81. Nach 47 Minuten setzte er Hubertus vor dessen Haustür ab.

7. SONNTAG

Um kurz nach elf Uhr klingelte der Wecker. Spät und dennoch zu früh angesichts von nur sechs Stunden Schlaf. Am liebsten hätte Hubertus sofort „seinen“ Fall weiter recherchiert, doch gestaltete sich die Sache schwierig, denn er hatte familiäre Verpflichtungen. Seine Eltern hatten ihn und Martina zum Essen eingeladen. Und Elke natürlich, denn sie wussten eigentlich noch gar nicht, dass die nicht mehr bei ihm wohnte.

Es war höchste Zeit. Notdürftig widmete sich Hubertus der Körperpflege. Komisch, dass von Martina noch nichts zu hören war. Sie wusste doch von dem Termin bei Oma und Opa. Er klopfte leise an ihre Tür. Nichts. Nochmals Klopfen, lauter und dann heftiger. Diesmal reagierte sie sofort: „Ich komme gleich, Papa.“

Hubertus öffnete trotzdem die Tür. Martina schrie noch: „Halt. Ich bin nackt!“ Doch zu spät, ihr Vater stand schon im Türrahmen.

Martina war genauso wenig nackt wie allein. Neben ihr ragte das verschlafene Gesicht eines Jünglings aus dem Kissen. Er mochte etwas über 20 sein. Hubertus war zunächst völlig perplex, fand dann aber er seine Fassung wieder.

„Raus“, brüllte er. „Sofort raus!“ Ein betrogener Ehemann hätte nicht energischer reagieren können. Das Paar im Bett war sofort hellwach, der junge Mann – wenn er sich nicht täuschte, handelte es sich um einen dieser Knaben aus dem Bistro – zog sich blitzschnell an und stürzte unter Flüchen von Hubertus aus dem Haus. So hätte er mal Doktor Bröse gerne aus der Wohnung gescheucht. Ha!

Nachdem diese Arbeit verrichtet war, widmete sich Hubertus Martina. Das heißt, er versuchte es, doch die Zeit drängte. „Darüber reden wir noch, Frollein", drohte er. Er wurde nun zögerlicher, denn ein wenig plagte ihn das schlechte Gewissen, hatte er selbst Martina am Vorabend doch ihrem Schicksal überlassen.

Fünf Minuten später hatte seine Tochter ihm eine Abmachung abgerungen. Sie erzählte ihren Großeltern nichts vom Auszug Elkes, er sah von weiteren Strafen ab. Martina musste zudem versprechen, diesen „verpickelten Knaben", wie er sich ausdrückte, zukünftig weder bei sich übernachten zu lassen, noch bei ihm zu übernachten.

Mögliche sexuelle Details wollte er sich ersparen. Gott sei Dank hatte vor wenigen Jahren Elke die diesbezügliche Aufklärung des Kindes übernommen. Das hätte ihm gerade noch gefehlt.

Da das Auto immer noch nicht ansprang, blieb abermals nur der Fußweg. Das Thermometer zeigte noch immer zehn Grad unter Null, aber es war ein schöner, klarer und sonniger Wintertag. Der Weg führte über das Hubenloch, „Deutschlands höchstgelegenen Rosenschaugarten", der auf einem sanften Hügel die Villinger Altstadt überragte. Am Hotel Diegner ging es vorbei in Richtung Goethestraße, wo die Großeltern Hummel seit ihrer Hochzeit 1956 wohnten.

Natürlich war auch hier der Mord an Mielke Hauptthema. Fast jedenfalls.

„Wo ist denn Elke?", fragte nämlich Hubertus' Mutter Helene.

Und als er im Brustton der Überzeugung „Die ist leider schwer erkältet" antwortete, platzte seinem Vater der Kragen: „Ja, Junge, monsch du, mir bekomme' des nit mit?“, polterte er. „Ausgezoge' isch'se. Ich hab'se doch letschte Woch' mit 'em Doktor Bröse bei de' Narrezunft-Hauptversammlung g'sehe!“

Hubertus biss sich auf die Lippen. Hätte er sich eigentlich denken können, dass in dem Kaff nichts geheim blieb.

„Junge, renkt sich des wieder ein?“, fragte seine Mutter besorgt.

„Ja, ja, natürlich“, beschwichtigte Hubertus, was indes seine Mutter nicht beruhigen konnte. „Oh je, oh je. Des tut der Martina au' nit guet.“

Es war Zeit, wenigstens den Versuch zu machen abzulenken. „Ich werde übrigens bald den Mörder des Kollegen Mielke finden“, brüstete sich Hubertus.

„Was soll jetzt au' des wieder? Bub', pass' bloß auf dich auf“, meinte Helene Hummel.

„Ja, Mama“, murmelte Hubertus gehorsam, wie er es schon vor 35 Jahren gemurmelt hatte.

„Der Mielke“, sagte sein Vater. „Wer bringt denn den um? Der war doch sehr beliebt – vor allem bei de' Fraue'!“

„Vielleicht g'rad' deshalb“, mutmaßte seine Mutter.

„Woher wisst ihr denn, dass der Mielke bei den Frauen ...?“, fragte Hubertus.

„Ha, Junge, du sollteschst halt au' emol aktiver in dene ganze Vereine werde'. Un' nit nur din Beitrag bezahle', aber nie hingehe'“, rügte ihn der Vater.

„Ja, Papa“, leierte Hubertus.

„Na klar, war der beliebt bei den Frauen“, schaltete sich Martina ein. „Bei uns in der Klasse waren auch ein paar ganz verrückt nach ihm.“

Hubertus verdrehte die Augen: „Sag' bitte nicht, dass er auch noch was mit einer Schülerin hatte.“

„Nein“, meinte Martina, „das hätte ich wohl mitgekriegt. Also mit mir jedenfalls nicht.“ Der strenge Blick ihres Vaters traf sie. Dieses Thema fand Hubertus momentan nicht besonders lustig.

Sein Handy klingelte. Nachdem er jahrelang dagegen gewettert hatte, war er nun doch nicht daran vorbeigekommen, nachdem er sich auf einem Klassenausflug bei Hinterzarten im Wald verlaufen und fast nicht mehr hinausgefunden hatte. Als Melodie bei Anrufen auf seinem Handy hatte sich Hubertus für Mozarts „Kleine Nachtmusik“ entschieden. Besser ein wenig klassische Musik als gar keine.

Klaus war dran. „Hör mal, Alter“, brüllte er in den Hörer. „Ich hab' mir überlegt, der SERC spielt doch heute bei der DEG. Das Spiel beginnt in fünf Stunden. Wenn ich gleich bei dir vorbeikomme, reicht es uns bis nach Düsseldorf. Wir sollten keine Zeit verlieren und den Willy gleich mal befragen. Das wär' doch was.“

Hubertus zögerte, aber nur eine Sekunde. Darauf war er jetzt nicht gefasst gewesen. Die Aussicht, seine Mannschaft zu sehen, lockte. Andererseits: Was sollte man schon in Düsseldorf herausfinden? Mit Willy am Rande eines Auswärtsspieles in Ruhe zu sprechen, würde kaum funktionieren. Und außerdem sollte er noch zwei Stunden für morgen vorbereiten und eine Deutsch-Klausur korrigieren. Angesichts des Sonntagsstaus auf der A 1, durch Kälte und Glatteis noch verstärkt, standen die Chancen ohnehin außerordentlich gering, auch nur einigermaßen pünktlich zum Anpfiff zu kommen – Stock-Car-Erfahrung von Klaus hin oder her. Das sagte man ihm aber besser nicht, sonst brannte er darauf, das Gegenteil zu beweisen.

„Erstens muss ich noch einiges für die Schule vorbereiten, und zweitens bin ich gerade bei meinen Eltern“, sagte Hubertus also.

„Pfeife“, dröhnte Klaus, der sich allerdings diesmal Gehässigkeiten von wegen „Ihr Lehrer arbeitet doch eh' nichts“ verkniff. Auf den in diesem Fall drohenden Monolog von Huby hatte Klaus keine Lust, schließlich zahlte er selbst den Anruf.

Hubertus schlug indes einen Kompromiss vor. „Ich ruf' dich morgen nach der Schule an, und dann gehen wir zum Training und passen Willy ab. Vermutlich fährt die Mannschaft nämlich direkt nach dem Spiel wieder heim.“

Klaus war enttäuscht, sah aber ein, dass seine Überredungskünste nicht fruchten würden. Er verabschiedete sich, hatte aber doch noch Zeit für eine kleine Gehässigkeit. „Sag' mal, wissen deine Eltern jetzt eigentlich schon das mit dir und Elke ...?“ Hubertus drückte den Knopf und unterbrach die Verbindung.

Den Rest des Tages widmete er sich seiner Arbeit – und seiner Tochter.

„Das war also dein Freund heute morgen“, tastete er sich nochmals an das Thema heran. „Nein, ich kannte den gar nicht“, antwortete Martina grinsend.

„Pass bloß auf!“, meinte Hubertus.

Jetzt murmelte die Tochter. „Ja, Papa.“

„Ist der nicht deutlich älter als du?“, forschte Hubertus weiter nach.

„Papa, er ist 22“, meinte Martina genervt. „Und? Was ist dabei? Außerdem macht er gerade seinen Zivildienst, das müsste dir doch sympathisch sein.“

Hubertus blieb die Antwort schuldig. „Nicht gerade das optimale Vater-Tochter-Gespräch“, dachte er sich, aber immerhin. Wenn er Zeit und Nerven hatte, würde er das Thema nochmals intensivieren.

8. DAS VERHÖR

Hauptkommissar Stefan Müller blickte genervt auf seine Taschenuhr, die ihm sein Großvater mütterlicherseits aus Triberg hinterlassen hatte. Das wertvolle Stück trug er immer bei sich. Schließlich entstammte er einer alten Schwarzwälder Uhrmacherfamilie.

Es war schon zehn Minuten nach neun. Und weil er zu Uhren ein besonderes Verhältnis besaß, hasste er auch Unpünktlichkeit. Für punkt neun Uhr an diesem Montagmorgen hatte er Carolin Mielke aufs Revier bestellt, nachdem sie schon den samstäglichen Termin auf den letzten Drücker hatte platzen lassen.

Er hatte ja Verständnis dafür, dass sich die Ehefrau des Ermordeten um ihre Kinder kümmern musste, aber er wollte in diesem Fall schnell weiterkommen. Und vielleicht würden die Mielke-Kinder ohnehin bald ganz ohne elterliche Betreuung auskommen müssen. Er hatte da so einen Verdacht ...

Nach einem kurzen Klopfen öffnete sich seine schneeweiße Bürotür. Seine Sekretärin Hirschbein, eine Mitfünfzigerin mit Dutt und Rüschenbluse, um deren Kragen eine Lesebrille baumelte, bat Carolin Mielke herein.

„Möchten Sie einen Kaffee oder Tee, Frau Mielke?", erkundigte sie sich höflich.

„Lieber einen Schnaps", entgegnete Carolin Mielke. Die Sekretärin schaute irritiert und wusste nicht, was sie entgegnen sollte, doch der Chef kam ihr zuvor.

„Guten Tag, Frau Mielke. Schön, dass Sie endlich gekommen sind", mischte sich Müller ein und setzte gleich unfreundlich nach: „Schnaps haben wir leider nicht. Wir sind ja keine Kneipe."

„Dann nur ein Glas Wasser bitte", entgegnete Carolin Mielke etwas schnippisch.

„Und für mich einen Pott Kaffee", schob Müller nach.

„Haben Sie etwas dagegen, wenn ich die Vernehmung auf Band aufzeichne?", kam Müller gleich zur Sache. Frau Mielke hatte nichts dagegen.

Müller holte ein mittelgroßes Tonbandgerät, Baujahr 1973, aus der quietschenden Schublade und stellte es auf die grüne Tischvorlage. Eine große, schwarze Unterschriftenmappe, die ihm Hirschbein morgens hingelegt hatte, schob er beiseite.

Zuvor rief er jedoch noch den jungen Kollegen Brüderle an, um ihn dazuzubitten. Schließlich war der ein großer und kräftiger Kerl, der allein schon durch seine Statur zu beeindrucken wusste und zudem mit seiner Eloquenz in seiner kurzen Karriere schon so manchen Verdächtigen in die Enge getrieben hatte. Ein hoffnungsvolles Nachwuchstalent, wie Müller meinte.

Als Brüderle mit einem braunen Pappbecher, den er vom Kaffeeautomaten im Flur geholt hatte, ins Büro hereinkam, konnte die Vernehmung beginnen.

„Nun, Frau Mielke", setzte Müller in leicht aggressivem Tonfall an. „Machen wir also dort weiter, wo wir vor drei Tagen stehen geblieben waren. Sie hatten also Besuch von einer Freundin, nicht wahr?", fragte er sehr nachdringlich.

„Ja. Ingrid aus Bad Dürrheim war bei mir zum Abendessen. Sie können sie gerne anrufen und fragen."

„Demnach hat Ihre Freundin also Schuhgröße 44/45?", mischte sich Kollege Brüderle ein, der mit verschränkten Armen hinter Müller an den Heizkörper gelehnt stand.

Carolin Mielke wurde nervös: „Wie ... Wieso das denn?“

„Mein Kollege Brüderle ist Experte auf dem Gebiet der Spurensuche. Er hat sich erlaubt, nach unserem Besuch bei Ihnen einen Blick in den verschneiten Garten zu werfen. Und demnach hat sich relativ kurz vor unserem Eintreffen jemand ziemlich überstürzt durch die Verandatür davongemacht – und wir fragen uns, warum?“, erläuterte Kommissar Müller. „Oder wollen Sie uns etwa erzählen, dass Ihr Mann auf dem Weg zum Eishockeyspiel über die Veranda durch den eigenen verschneiten Garten gerannt ist?“, hakte Inspektor Brüderle nach.

Carolin Mielke machte nun einen einigermaßen konsternierten Eindruck.

„Frau Mielke“, ging Müller sie nun scharf an. Er lehnte sich weit über seinen spartanischen hellbraunen Schreibtisch, der Inspektor Derrick und Harry Klein alle Ehre gemacht hätte. Es dauerte offenbar einige Zeit, bis neues Polizeimobiliar in den Schwarzwald geliefert wurde. Auch die Telefonanlage entstammte noch den 80ern. „Wer war bei Ihnen Freitagabend, und wieso haben Sie uns belogen?“

„Stehe ich etwa unter dem Verdacht, etwas mit der Ermordung meines Mannes zu tun zu haben?“, fragte Carolin Mielke mit zitternder Stimme.

„Sagen wir mal, es gibt da einen Anfangsverdacht“, antwortete Stefan Müller. „Also?“ Carolin Mielke schwieg.

Brüderle schüttelte den Kopf. Müller ging die Befragung nochmal neu an.

„Hören Sie mal. Nach der Vernehmung seines erweiterten Umfeldes wissen wir, dass Ihr Mann ein ziemlich ausschweifendes Leben geführt und sich in der Spielbank Konstanz und im Rotlichtmilieu rumgetrieben hat. Dabei sind wir auf Leute getroffen, denen Ihr Mann noch Geld schuldete. Sehr viel Geld! Hätte er so weiter gemacht, hätte er Sie vermutlich um Haus und Hof gebracht."

„Davon wusste ich nichts; jedenfalls nichts von den Spielschulden", beteuerte Carolin Mielke.

„Ein entscheidender Ansatzpunkt bei Ermittlungen in einem Mordfall ist ein Motiv. Wir kennen bislang nur einen Menschen aus dem Umfeld von Herrn Mielke, der einen guten Grund hatte, ihn umzubringen", wurde Inspektor Brüderle nun ziemlich forsch. „Oder ihn umbringen zu lassen?", ergänzte er mit gefährlichem Unterton.

Brüderle begann im Raum umherzuwandern. Im Rücken von Carolin Mielke blieb er stehen und betrachtete das Porträt des baden-württembergischen Landesvaters Erwin Teufel.

Müller setzte nun wieder nach: „Die Gläubiger Ihres Mannes wollten ihr Geld wieder sehen. Sie hätten allen Grund gehabt, Ihren Mann und seine Familie einzuschüchtern und möglicherweise zu bedrohen. Aber eiskalt umgebracht hätten sie ihn wohl nicht", kombinierte der Kommissar. „Zumindest hätten sie ihn wohl erstmal als Warnung brutal zusammengeschlagen, ehe sie ihn ermorden."

„Aber Sie!" Brüderle setzte kurz ab. „Sie hat Ihr Mann ruiniert. Ihre Ehe war doch am Ende. Sie mussten Ihren Mann dafür hassen, was er Ihnen und Ihren Kindern angetan hatte. Nie zu Hause. Nie hat er sich um seine Familie gekümmert. Und dann hat er Ihr gemeinsames Geld noch in Spielhöllen und Bordellen durchgebracht", wurde der Inspektor barsch.

„Das ist nicht wahr! Also von seinen Frauengeschichten wusste ich ja. Auch habe ich mal gehört, dass er in

Freudenhäusern verkehrt haben soll. Aber von den Schulden wusste ich wirklich nichts", redete Carolin nun beschwörend auf die Kriminalbeamten ein.

„Erzählen Sie uns doch nichts. Seit mehr als drei Jahren hat Ihr Mann Tausende von Mark, äh, Euro, in Spielbanken verjubelt; und Sie wollen nie etwas davon erfahren haben?", wurde Brüderle zunehmend forscher. Die Vernehmung bekam allmählich Verhörcharakter.

„Da ist noch etwas, liebe Frau Mielke", fuhr Müller leise dazwischen, nahm die Brille ab und begann, sie fein säuberlich mit einem karierten Taschentuch zu putzen, das er aus dem Schreibtisch hervorgezogen hatte. „Bei unseren Ermittlungen am Samstag im Konstanzer Spielcasino sind wir auf einen Spieler getroffen, dem Ihr Mann mehr als 50.000 Euro schuldete. Ihm hatte er vor einer Woche angeblich angeboten, eine auf ihn abgeschlossene Lebensversicherung, die sich auf 75.000 Euro belief, von der Versicherung zurückkaufen zu lassen. 35.000 Euro hätte das eingebracht, hatte er dem Gläubiger versichert. Was sagen Sie dazu?", fragte Müller, der immer noch an seinen Augengläsern herumpolierte.

„Ich ... ich bin sprachlos", stotterte Carolin Mielke.

„Frau Mielke", schaltete sich nun wieder Inspektor Brüderle ein. Er ging ein paar Schritte auf Carolin Mielke zu und lehnte sich über Müllers Schreibtisch. Seine dunkelblaue Krawatte mit roten Querstreifen baumelte über dem beigefarbenen Telefon. „Als Kriminalbeamtem begegnen einem im Laufe vieler Jahre so einige Mörder."

Müller schmunzelte in sich hinein. Brüderle war gerade mal zwei Jahre bei der Kripo.

„Die einen verabscheut man, weil sie zum Beispiel aus Raffgier getötet haben. Für andere wiederum hat man

Verständnis, weil sie aus Not handelten. Sollten Sie mit der Ermordung Ihres Mannes tatsächlich etwas zu tun haben, dann hätten Sie doch aus größter finanzieller und vielleicht auch aus emotionaler Not gehandelt. Dafür würde auch die Justiz Verständnis aufbringen", redete Brüderle auf die zunehmend fassungslosere Frau ein.

„Frau Mielke", wurde Stefan Müller nun laut, „welcher Mann war Freitag spätabends bei Ihnen zu Hause?"

„Ich möchte meinen Anwalt anrufen. Ich sage kein Wort mehr ohne meinen Anwalt", rief Carolin Mielke. Die erste Träne kullerte ihr die Wangen herunter. Sie schluchzte.

„Sie können gehen, Frau Mielke", beendete Müller überraschend die Vernehmung. „Aber verständigen Sie Ihren Anwalt und halten Sie sich zu unserer Verfügung."

Brüderle schaute seinen Chef verdutzt, ja fast ein bisschen böse an.

Carolin Mielke verließ überstürzt Müllers Büro. Der Kommissar lehnte sich zufrieden zurück und musterte Brüderle: „Die kriegen wir. Die kriegen wir ganz bestimmt noch."

9. HUND UND ENTE

Auch in der Schule blieb der Fall Mielke am Montagmorgen weiter Thema. Der Rektor hatte zu einer Art improvisierter Trauerfeier in die Aula des Gymnasiums gebeten – und auch die Schüler schienen wenig anderes im Kopf zu haben als das Ableben eines ihrer Lehrer. Anzufangen war jedenfalls weder im Deutsch- noch im Gemeinschaftskundeunterricht etwas mit ihnen.

Nachmittags holte Klaus Hubertus wieder in der Vom-Stein-Straße ab, und gemeinsam fuhren sie nach Schwenningen. Um 17:30 Uhr endete das Training – die Euphorie im Team würde sich etwas gelegt haben, denn die „Wild Wings“ hatten am Vorabend nach dem Kraftaufwand gegen Mannheim in Düsseldorf eine 2:7-Klatsche bezogen.

Im Wagen besprachen sie das weitere Vorgehen.

„Wir können ja schlecht zu Willy hingehen und fragen, ob Mielke ihn mit seiner Frau betrogen hat“, meinte Hubertus, als Klaus bei Dunkelgelb die Ampel in der Bertoldstraße bei der Fideliskirche überquerte. Die Radaranlage blitzte nicht. Glück gehabt.

Sie kamen am „Café Viereck“, dem Villinger Gefängnis, vorbei und passierten direkt gegenüber die nach Hubertus' Meinung architektonisch kräftig misslungene Neue Tonhalle, die aber immerhin ein paar namhafte Kongresse in das Oberzentrum brachte.

„Während du in der Schule Kinder verdorben hast, habe ich mir 'was überlegt“, triumphierte Klaus. „Ich habe

Willy vor ein paar Monaten mal interviewt – er kennt mich also. Ich quetsche ihn einfach mal aus."

„Toll", meinte Hubertus sarkastisch. „Und ich?"

Klaus hatte einen Plan: „Ich habe recherchiert. Die stehen zwar noch nicht im Telefonbuch, aber unser Sportredakteur wusste Bescheid. Kirk und Helen Willy, Schwenningen, Vor dem Hummelsholz. Du gehst in der Zwischenzeit zu Helen, gibst dich als Detektiv aus, und dann wirst du schon 'was aus ihr herausbekommen. Trete einfach forsch auf."

Zwar zierte sich Hubertus noch eine Weile, aber schließlich ließ er sich widerstandslos durch die Römer- und Eschachstraße kutschieren und sich schräg gegenüber des zweistöckigen Neubaus absetzen, in dem Willy wohnte.

„Warte aber kurz. Wenn sie nicht da ist, komme ich gleich mit ins Stadion", meinte Hubertus. Er nahm seinen ganzen Mut zusammen und klingelte an der hellbraunen Holztür. Eine junge Frau mit blonden Dauerwellen öffnete. Sie mochte höchstens 30 sein.

„Entschuldigung. Frau Willy?", flötete Hubertus. Das heißt, er versuchte zu flöten. Gewohnt war er diesen Staubsaugervertreter-Tonfall nicht.

„Ja. Wir kaufen aber nichts", antwortete die Blonde mit nordamerikanischem, leicht quäkendem Akzent.

„Oh, Sie sprechen aber sehr gut Deutsch", schmeichelte ihr Hubertus.

„Ich habe Germanistik studiert", antwortete Helen Willy etwas unwillig.

„Ich will nichts verkaufen", klärte Hubertus auf. Dann legte er überaus forsch los: „Ich bin Privatdetektiv und weiß, dass Sie ein Verhältnis mit einem Lehrer haben, äh, hatten."

„Ein schlechter Scherz", entgegnete die Kanadierin nach einigen Momenten des Schweigens. „Dieser Lehrer ist umgebracht worden – am Freitag im Eisstadion", fuhr Hubertus fort. Er kam sich vor wie Matula in „Ein Fall für Zwei".

Bei Matula wäre die Szene womöglich anders ausgegangen. Zwar schien Frau Willy erst kurz zusammengezuckt zu sein, dann rief sie jedoch nach „Wilbur". Hubertus hörte ein Tapsen und sah dann die Schnauze eines Boxer-Hundes. Für lange Erklärungen schien keine Zeit zu sein. Und auch wenn es kopflos war: Hubertus gab Fersengeld, stürzte auf die Straße und spurtete 100 Meter in neuer persönlicher Bestzeit.

Zehn Sekunden später klingelte das Handy von Klaus. Er las „Huby" auf dem Display, drückte den Empfangsknopf und fragte genervt: „Was ist denn los?"

„Sie hat mich rausgeschmissen", keuchte Detektiv Hummel am anderen Ende.

Klaus wendete fluchend, sammelte seinen Freund ein und wollte Bericht erstattet haben.

„Das war' ne Scheißidee", sagte Hubertus und erläuterte seinen Kurzauftritt.

Klaus trat derweil aufs Gaspedal und lenkte den Wagen quer durch den Schwenninger Feierabendverkehr, vorbei an der Stadtkirche und dem „City-Rondell", einer Mischung aus Parkhaus und Einkaufszentrum. Dieses hatte in den 80er-Jahren das „Einkaufsparadies Schwenningen" begründet. Schmuckvoll sanierte Fachwerkhäuser im Zentrum hatten der ehemaligen Uhrenstadt ein neues Ambiente verliehen.

Die Straßen waren voller Schneematsch, allmählich wurde es dunkel. Klaus überlegte. In der Alleenstraße sagte er schließlich: „Gut, dann erfährt es eben der Gatte direkt von uns.“

Sie waren spät dran. Als sie endlich am Stadion waren, kamen ihnen bereits ein paar Spieler entgegen. Auch in der Stadiongaststätte herrschte schon reger Betrieb. Doch sie hatten Glück, Willy war einer der Letzten, der – die riesige Sporttasche geschultert – aus dem Umkleidebereich kam.

„Wir ermitteln in einer Mordsache“, sprach Klaus den Eishockeycrack an, der einen guten Kopf größer als er war.

„Just a moment“, sagte der. „Auch wenn ich eure Sprache noch nicht so gut kenne: Du bist doch vom ‘Kurier’ und nicht von der Polizei, oder?“

Hubertus griff ein: „Wir sind Detektive und ...“

Willy unterbrach ihn: „Ist einer von euch der „asshole“, der vorher bei meiner Frau war? G’rade rief sie mich auf dem Handy an.“ Er baute sich drohend vor Hubertus und Klaus auf. „1,96 Meter groß, 102 Kilo schwer“, ging es Hubertus durch den Kopf. Das waren die offiziellen Daten über Willy auf der Homepage des SERC. Zudem galt er als sehr zweikampfstark ...

„Und: Was hat sie gesagt?“, fragte Klaus nicht unfrech.

„God damned. What do you want, sucker?“, fluchte der Kanadier.

Hubertus reichte es für heute. „Sorry“, sagte er. „Eine Verwechslung.“ Dann zog er Klaus weg. Gemeinsam gingen, nein, spurteten sie zu Klaus’ Opel und machten, dass sie Land gewannen. Willy hatte zunächst Anstalten gemacht, sie zu verfolgen, blieb dann aber nach wenigen Metern stehen.

„Ist doch klar“, sagte Klaus, als er wieder Atem hatte. „Erst 2:7 in Düsseldorf, und jetzt kriegt er mit, dass seine Frau ihn betrogen hat. Der ist mit den Nerven am Ende.“

„Und wir keinen Schritt weiter“, meinte Hubertus. „Und zudem kann ich mich wegen deiner Plumpheit wohl nie mehr im Bauchenbergstadion sehen lassen. Der Willy macht uns zu Hackfleisch, wenn er uns noch mal über den Weg läuft.“

Klaus blieb ungerührt: „Denk doch lieber mal daran, dass wir den Fall unbedingt lösen wollen. Schließlich geht es auch um deine Lehrer-Ehre.“

Ihm ließ die Sache mit Mielke und Willys Frau keine Ruhe. Hatte Helen Willy einfach nur geblufft oder wirklich nichts mit dem blonden Schönling gehabt?

„Ich rufe Torben an“, kam Riesle dann eine Idee. Torben Schmalz war der Pressesprecher des SERC und ein guter alter Bekannter von Klaus. Sie hatten gemeinsam beim „Schwarzwälder Kurier“ volontiert und sich auf diversen Journalistenseminaren die Nächte um die Ohren geschlagen. „Wenn etwas an der Sache dran ist, dann weiß Torben bestimmt Bescheid“, behauptete Klaus. Hubertus schwieg weiter und blieb skeptisch.

„Hi Schmalzi, alter Fischkopf“, johlte Klaus in sein Handy, denn Torben stammte aus Husum. Doch es blieb nur beim kurzen Smalltalk, ehe er zur Sache kam und ihm die ganze Geschichte erzählte.

„Klausi, bist du übergeschnappt?“, fragte Torben unter höhnischem Gelächter. Dann wurde er ernst: „Du bist ‘ne Pappnase. Der Verein hat schon genug Ärger mit der Finanzlage. Da brauchen wir wirklich keine Journalistenhelden, die unsere Spieler mit so ‘nem Scheiß verrückt machen.“

Torben beruhigte sich wieder: „Nie und nimmer hatte die ein Verhältnis mit diesem Mielke. Ich bezweifle, dass die sich überhaupt kannten, denn die Frau sieht man selten in der Öffentlichkeit. Zudem liebt Willy seine Familie über alles. Die ham' ne Tochter, die etwa sechs Monate alt ist. Und überhaupt: Wenn die Willy ein Verhältnis mit jemandem hat, dann allenfalls mit ihrem Hund. Und das Biest würde deinen Mielke ohnehin fressen. Die zwei sind unzertrennlich." Schmalz lachte schallend über seine Kalauer. Klaus blieb ernst, versprach seinem Journalistenfreund, ihn bei Gelegenheit auf ein kühles Helles einzuladen, und legte auf.

Torben Schmalz wusste immer ganz genau, was bei den SERC-Stars und im Umfeld so alles lief, hatte er Klaus doch schon öfters mit Insider-Informationen versorgt. Die Sache mit Mielke und Helen musste wohl eine „Ente" sein.

Hubertus tauchte nun wieder aus der Versenkung auf: „Allerdings wird Schmalz die Spieler und ihre Frauen auch nicht rund um die Uhr beobachten."

„Hm. Nein. Ich glaube aber auch, dass diese Fährte eher in die falsche Richtung führt", bemühte Klaus seinen Kriminalisten-Jargon.

„Immer diese Gerüchte! Mein Kollege Ziegler ist eine Pfeife. Die Spuren, die auf Casino oder Rotlicht weisen, scheinen mir auch vielversprechender zu sein", ergänzte Hubertus.

„Dann lass uns die Rotlicht-Spur doch gleich heute Abend weiterverfolgen", schlug Klaus vor.

„Heute Abend nicht", blockte Hummel ab. „Erstens warten Korrekturen auf mich zu Hause, und zweitens sollte ich zweifelsohne wohl mal ein Auge auf mein Fräulein Tochter werfen."

„Im Bistro hatte ich den Eindruck, dass auch einer dieser Knilche ein Auge auf sie geworfen hatte", mutmaßte Klaus. Hummel blieb die Antwort schuldig. Die Geschichte, wie er Martina und ihren Besuch am

Sonntagmorgen überrascht hatte, würde er allenfalls mal nach sechs Bieren im Bistro von sich geben.

10. BORDELL HÄRINGER

Auch der Dienstagmorgen verging außerordentlich zäh. Hubertus war mit den Gedanken bei „seinem" Fall, bemühte sich aber, das niemanden merken zu lassen – die Schüler schon gar nicht.

Zudem machte er sich allmählich Sorgen um seinen Ruf: Wenn sich Elke und Bröse nicht nur auf dem Wochenmarkt, sondern auch schon gemeinsam bei Vereinsfesten in der Stadt sehen ließen, würde es nicht mehr lange dauern, bis ihn die ersten Kollegen darauf ansprachen – oder gar Schüler.

Er hingegen besuchte in der Zwischenzeit Casinos – und am heutigen Abend sogar ein Bordell, denn so war es mit Klaus ausgemacht.

Nein, das war nicht gut. Und, auch wenn es albern war: Tarnung war angesagt.

Zum Glück kam er mit dem Kollegen Barsch, Erd- und Gemeinschaftskunde, gut aus, denn dieser leitete die Theater AG der Schule. In der vierten Stunde hatte er frei, da würde er sich aus dem dortigen Kostümfundus etwas aussuchen, beschloss Hubertus.

Der Plan scheiterte aber in doppelter Hinsicht: Erstens war Barsch krank, und zweitens musste Hubertus ihn in dieser vierten Stunde in einer siebten Klasse vertreten.

„Na toll", dachte Hubertus. Barsch war nun schon der vierte Lehrer, der heute fehlte. Außer ihm waren es noch Hübner, dann Geiger, der junge Deutsch- und Geschichts-Lehrer, den er auch ab und zu im Bistro traf, und Ziegler, der als Zeuge des Mordes immer noch nervlich angeschlagen und deshalb für drei Tage außer Gefecht gesetzt war. Dazu der tote Mielke – das bedeutete Stress pur in nächster Zeit.

Aber immer noch besser Stress als drohende Krankheiten. Die hatten Fachleute nämlich am anderen Villinger Gymnasium, dem Hoptbühl, ausgemacht. Das Gebäude war offenbar PCB-verseucht. PCB hieß ausgeschrieben übrigens Polychlorbiphenyle, Chlorkohlenwasserstoffe. Das hatte der stets grantelnde, Chemie unterrichtende Kollege Bohlmeier Hummel erläutert.

Die Lage am Hoptbühl-Gymnasium werde noch bei vielen Leuten Kopfzerbrechen verursachen, hatte Hubertus vor wenigen Tagen Burgbacher im Bistro noch prophezeit.

„Burgbacher", schoss es ihm durch den Kopf. Er rief den Freund in der Fünf-Minuten-Pause vor der fünften Stunde per Handy im Landratsamt an. Was das wieder kostete. „Eddi", rief er in den Hörer, „ich brauche deine Hilfe."

Um 14 Uhr, nach einem kurzen Mittagessen im „Café Raben" in der Oberen Straße nahe des Münsterplatzes, traf Hubertus Burgbacher vor dem Zähringer-Theater.

Der schüttelte zwar ob seines Anliegens nur fassungslos mit dem Kopf, erklärte sich dann aber bereit, Hubertus einen gewaltigen Schnurrbart aus der Aufführung des „Grafen von Monte Christo" zu leihen.

Burgbachers dröhnendes Lachen begleitete Hubertus noch, als er schon wieder in der seit jüngster Zeit zur Fußgängerzone ausgebauten Niederen Straße im Kern der Zähringerstadt war. „Wie ein noch nicht Sonnenbank gegerbter Zuhälter", sähe er mit diesem Kaiser-Wilhelm-Bart aus, hatte Burgbacher noch gemeint. Und: Er solle dazu unbedingt Riesles zitronengelbes Sakko anziehen.

Kurz vor 21 Uhr parkten Riesle und Hummel in der Nähe des „love-me-Centers“ im Industriegebiet zwischen den großen Stadtteilen Villingen und Schwenningen. So langsam siedelten sich in dem Gebiet ein paar Firmen an. Vielleicht würde es in 100 Jahren doch noch glücken, die beiden großen Stadtteile räumlich miteinander zu verbinden. Emotional war dies ohnehin kaum möglich.

Vorsichtshalber hatten sie Riesles Opel auf dem Kundenparkplatz des Großmarktes abgestellt. Auch Klaus hatte sich ausgeschüttet vor Lachen, als er den Aufzug von Hubertus erspäht hatte: Ein Hawaiihemd, von dem nur der Kragen zu sehen war, weil Huby einen Strickpulli darüber trug. Dazu eine Winterhose und Moonboots.

„Nein, Edelbert hat Unrecht“, beruhigte ihn Klaus. „Du siehst mit dem Bart nicht aus wie ein Zuhälter ... Eher wie ein Vollidiot.“

Er selbst war wie meist mit Jeansjacke und Jeanshose bekleidet, auch wenn ihm das an diesem Abend zu kalt war.

Viel los war in dem Bordell nicht gerade. Ein halbes Dutzend Gäste befand sich in der improvisierten Bar, in der Kontakte angebahnt wurden. Von Chun und Minh keine Spur. Umso mehr fielen Hubertus und Riesle auf; vor allem Hubertus mit seiner extravaganten Kleidung.

„Na, Süßer, heute Abend zum ersten Mal alleine unterwegs?“, flirtete ihn eine der leicht bekleideten Damen mit osteuropäischem Akzent an. Hubertus blieb die Spucke weg.

Riesle blieb cool: „Keine Chance, Süße. Wir wollen zu Häringer.“

Ein Blick zur Bar, ein Nicken des Kellners – und plötzlich tauchte ein Mann auf, den Hummel und Riesle lieber nicht getroffen hätten: Der Rausschmeißer-Typ, der ihnen schon im Casino Konstanz unangenehm aufgefallen war.

Während Hubertus auf dem Absatz seiner Moonboots kehrt machen wollte, was gar nicht so einfach war, blieb Riesle cool. „Wie, Sie gehören zu Häringer?“

Der bullige Typ forderte das Duo mit einem Wink auf, ihm zu folgen. Er war mindestens so groß wie Kirk Willy, dafür aber deutlich breiter. Nein, fetter.

„Ich geh' da nicht mit“, meinte Hubertus. „Der führt uns in irgendeinen Raum, und dann machen die uns dort fertig.“

Riesle meinte: „Los, komm' jetzt. Schlimmstenfalls kannst du sie ja dann mit deinem Schnurrbart erschlagen.“ Allzu wohl schien ihm bei allem Witzeln jedoch auch nicht zu sein.

Der Weg führte eine Wendeltreppe hinauf, dann durch einen langen Gang. Der Rausschmeißer hielt vor einer Eisentür an und gebot ihnen, stehen zu bleiben.

Nach etwa 20 Sekunden wurden sie eingelassen. Hinter einem Eichenholzschreibtisch saß ein etwa 65-jähriger Mann. Er hatte eine Glatze und schien höchstens 1,60 Meter groß. Von Schnurrbart keine Spur, auch von Sonnenbank-Bräune nicht. Den Betreiber eines solchen Etablissements hatte sich Hubertus anders vorgestellt.

„Und?“, fragte der Alte.

„Sind Sie Häringer?“, fragte Riesle.

„Laut Chun und Minh duzt ihr mich doch, oder?“, kam die Gegenfrage. „Nennt mich doch einfach Dietmar.“

Während Hubertus errötete, was man nur wegen seines gewaltigen Schnurrbartes nicht sah, redete Riesle weiter. „Also, Dietmar ...“

„Das war ein Scherz“, kam es scharf zurück.

Nun schien auch Klaus ratlos. Hubertus fühlte sich in der Pflicht. „Herr Häringer, entschuldigen Sie, aber wir ermitteln im Mordfall Mielke ...“

„Wenn mich nicht alles täuscht, seid ihr zweitklassige Privatschnüffler. Was sollte mich also daran hindern, euch einfach von Marian“ – er wies in Richtung Tür, wo der Rausschmeißer, die Arme verschränkt, stand – „im hohen Bogen rauswerfen zu lassen?“

„Ihr reines Gewissen“, meinte Klaus.

„Gut, meine Herren“, sagte Häringer nach einer kurzen Pause, und schaute verächtlich auf Hubertus. „Auch kleine Tiere können Ärger machen. Ich habe nichts zu verbergen. Ihr habt drei Minuten. Was wollt ihr wissen?“

Hubertus atmete auf. „In welchem Verhältnis standen Sie zu Mielke?“

„Wir waren verheiratet“, antwortete Häringer. Marian lachte roh, ehe Häringer ihn mit einer Handbewegung zum Schweigen brachte.

„Um es kurz zu machen“, meinte Häringer. „Mielke war einer unserer besten Kunden. Er ging immer mit Chun und Minh auf Tour und bezahlte stets pünktlich. Manchmal musste er sich zwar Geld bei anderen dafür leihen, aber er bezahlte immer.“

„Warum soll er bei Ihnen immer bezahlt haben, aber sich bei anderen Geld geliehen haben?“, fragte Klaus.

„Weil wir überzeugende Mittel gehabt hätten, das Geld von ihm zu bekommen“, meinte Häringer und wies auf Marian.

Hubertus nickte und lächelte gequält. Das konnte er sich vorstellen.

„Mielke war verrückt nach Chun und Minh“, meinte Häringer. „Kein Wunder. Aber in den letzten sechs Wochen machte er keinen Gebrauch mehr von ihnen.“

„Gebrauch“, dachte Hubertus. Wie sich das anhörte. Widerlich.

Häringer fuhr fort: „Ich nehme an, Mielke war zuletzt endgültig pleite. Schade. Ein guter Kunde. Wollt ihr ihn nicht ersetzen?“

„Wollen schon“, meinte Klaus zum Entsetzen von Hubertus, „aber leider fehlt uns das nötige Kleingeld.“

Häringer nickte und zeigte auf Hubertus. „Ja. Kauf deinem Kumpel erstmal vernünftige Kleidung.“

Klaus prustete los.

„War's das?“, fragte Häringer.

„Noch eine Frage“, bat Klaus. „Waren Sie zufällig letzten Freitag beim SERC?“

Häringer nickte: „Ich verpasse selten ein Heimspiel.“

Hubertus dachte eine Sekunde nach. Das hatte nichts zu sagen. Häringer würde sich kaum selbst die Finger schmutzig machen. Man musste eine andere Frage stellen: „War er hier“ – er deutete mit dem Kopf zu Häringers Gorilla – „im Stadion?“

Häringer schüttelte den Kopf. „Marian war in Konstanz. Wie Chun und Minh ist er Stammgast im Casino. Schließlich muss er auf die beiden ein Auge haben.“

Das Gespräch neigte sich dem Ende zu: „Sucht woanders weiter und beehrt uns bald wieder. Dann jedoch als Kunden – und am besten in anderer Kleidung. Denn wir legen durchaus Wert auf gepflegtes Erscheinen.“

Er widmete sich wieder seinen Geschäften. Marian eskortierte – immer noch, ohne ein Wort zu sagen – die beiden hinaus.

Kurz darauf standen sie wieder bei Riesles Auto. Hubertus war zufrieden. Immerhin hatte ihn niemand erkannt. Klaus schien noch zufriedener. „Hast du den Typen in der

Ecke gesehen, als uns diese Tussy angequatscht hat? Schulz. Stadtrat Schulz. Das behalte ich im Hinterkopf. Vielleicht hau' ich dem das mal in einer Kolumne um die Ohren."

Allerdings war man in der Sache Mielke nicht wirklich weitergekommen. Wie immer in solchen Fällen waren sich die beiden Freunde einig. „Lass' uns im Bistro die Lage besprechen."

11. AM UFER DER BRIGACH

Klaus fuhr wieder in Richtung Villinger Innenstadt und parkte den Kadett in der Brigachstraße. Von Montag- bis Donnerstagabend war dies ohne größere Probleme möglich, gab es genügend Plätze, obwohl der noch zentraler gelegene Kaiserring gerade wegen Bauarbeiten gesperrt war.

Auch wenn jemand vor ein paar Jahren mal eine Statistik veröffentlicht hatte, nach der Villingen-Schwenningen über die größte Gaststättendichte Deutschlands verfügte: Sofern nicht Wochenende war, blieb die Zahl der Kneipengänger eher überschaubar.

Das galt auch für das Bistro, in dem es an diesem Abend wahrlich nicht schwer war, einen Platz zu finden. Hubertus und Klaus entschieden sich für die hohen Tische direkt an der Bar. Da Gisela offenbar frei hatte und der männliche Lockenkopf, der heute bediente, wohl eine neue Aushilfe war, konnte man sich ausschließlich dem Fall widmen. Zudem bekam man so nah an der Theke einen noch schnelleren Nachschub an Getränken.

„Ich weiß nicht", meinte Klaus, als er das erste Bier vor sich hin gepflanzt bekommen hatte, „so richtig kommen wir in der Sache nicht weiter."

Hubertus nickte: „Häringer schien wirklich keinen zwingenden Grund zu haben, Mielke ermorden zu lassen – oder?"

Klaus stimmte zu, meinte aber: „Vielleicht wollten Chun oder Minh aussteigen, und Mielke wollte ihnen dabei helfen." Besonders überzeugt klang dies jedoch nicht. Die Mädchen machten nicht unbedingt den Eindruck, verzweifelt zu sein.

Seine Laune besserte sich jedoch umgehend. „Der Schnurrbart sieht ohnehin schon bescheuert genug aus – du musst ihn nicht auch noch mit Bier tränken."

Hubertus erschrak, riss sich das gute Stück, an das er sich schon recht rasch gewöhnt hatte, ab und sah sich verstohlen um: Nein, glücklicherweise war niemand da, der ihn kannte. Wie peinlich!

„Vielleicht sollten wir uns doch nochmal Willy vornehmen", schlug Klaus etwas ratlos vor, als das breite Grinsen wieder aus seinem Gesicht verschwunden war. Er bestellte einen kleinen Wurstsalat und meinte dann: „Kennst du eigentlich Mielkes Frau?"

Hubertus rieb sich die Stelle, an der der Bart so gut gehaftet hatte und die sich jetzt schon fast nackt anfühlte, und nickte. „Ich habe sie ein- oder zweimal gesehen. Du hast schon Recht, wir sollten sie auch befragen. Aber damit sollten wir wenigstens warten, bis ihr Mann beerdigt worden ist. Pietät nennt man sowas."

Klaus runzelte die Stirn: „Pietät, Pietät. Was du immer schwätzt. Schließlich geht es hier um Mord!" Er überlegte: „Wenigstens in dieser Beziehung hat dieser unsägliche Kommissar sicher einen Vorsprung. Ich nehme doch mal an, dass er ihr bereits einen Besuch abgestattet hat; wenigstens, um ihr die Todesnachricht zu überbringen."

Sie verabredeten sich nach längerem Hin und Her für den nächsten Tag zu einem Besuch bei Frau Mielke in Pfaffenweiler.

Hubertus gähnte unauffällig. Er musste nach Hause. Schließlich waren noch Stundenvorbereitungen für die Klasse, die er nun noch zusätzlich zu übernehmen hatte, zu tätigen. „Ich glaub', ich muss dich jetzt allein sitzen lassen“, sagte er. „Ich sollte noch einiges vorbereiten.“

Doch auch Klaus hatte keine rechte Lust mehr. Noch nicht mal von Edelbert war etwas zu sehen. Wahrscheinlich triezte er seine Schauspieler bei den Proben wieder bis spät in die Nacht. „Ich komme mit. Mir reicht's auch für heute. Außerdem: Wenn ich jetzt nichts mehr trinke, kann ich noch fahren.“

Hubertus stimmte zu. „Ich hätte eh' keine Lust gehabt, bei der Eiseskälte nach Hause zu laufen.“

Sie zahlten und verließen das Bistro. Es war kurz nach halb zwölf. Die Niedere Straße war menschenleer. Nur die aufgehäuften Berge von vereistem Altschnee glitzerten im fahlen Schein der neuen, modernen Straßenlaternen, die von einer Villinger Firma – einem „global player“ – kreiert worden waren.

Sie gingen durch die Schlösslegasse, wo sie hinter den Glasscheiben des Alternativen-Treffs „Café Limba“ Edelbert entdeckten. Er saß mit dem Rücken zum Fenster und redete unablässig auf einen seiner Schauspieler ein, was aufgrund der Lautstärke der Musik eine ziemliche Leistung war.

Hubertus winkte ab. Ihm dröhnte der Kopf und er wollte nach Hause. Sie gingen durch die Gerberstraße, an der Sparkasse vorbei und waren zwei Minuten später wieder am Kadett.

„Klausi“, meinte Hubertus, „lass uns die Sache mit Frau Mielke ein wenig verschieben. Ich habe ja schließlich noch einen Beruf und andere Dinge zu erledigen.“

„Psssst!“, machte Klaus. „War da nicht was?“

Hubertus ließ genervt den Kopf nach vorne fallen. „Ja, der Wind. Lass uns nach Hause fahren.“

Klaus brachte ihn mit einer Handbewegung zum Schweigen. „Das war ein Stöhnen.“

„Ein Stöhnen hast du allenfalls im Bordell hören können", scherzte Hubertus müde.

Klaus beachtete ihn nicht mehr. Er lief die wenigen Meter in Richtung der Brigach – des Flusses, der Villingen durchzog. Hubertus schlug die Autotür wieder zu und folgte ihm.

Auf dem Hosenboden rutschten sie die steile Böschung hinunter.

Unten lag ein Mann in völlig durchnässter Kleidung, der immer noch leise vor sich hin stöhnte. „Sicher ein besoffener Penner, der in die Brigach gefallen ist", mutmaßte Hubertus. „Lass mich ‘mal machen. Der erfriert ja bei dieser Kälte."

Hummel beugte sich fachmännisch über den Mann. Schließlich hatte er eine Ausbildung als Rettungshelfer, die er damals, vor gut 20 Jahren, während seines Zivildienstes beim „Malteser Hilfsdienst" gemacht hatte. Das Problem war nur: Die meiste Zeit war Hubertus im Behindertenfahrdienst tätig gewesen, hatte alte Leute zum Arzt begleitet und ganz junge in den Schwenninger AWO-Kindergarten oder in die Körperbehindertenschule beim Hoptbühl-Gymnasium gebracht.

Die echten Notfälle hatten sich an einer Hand abzählen lassen – und auch da war er lieber im Hintergrund geblieben. Starke Erinnerungen an Blaulicht und Martinshorn hatte er hauptsächlich wegen seines ersten Zivi-Tages. Damals hatte ihm ein Kollege ein kleines Gießkännchen in die Hand gedrückt und ihn gebeten, die Blaulichtflüssigkeit auf dem Krankenwagen nachzufüllen. Als er tatsächlich versucht hatte, auf den Wagen zu klettern, um am Blaulicht herumzuschrauben, hatte er schallendes Gelächter geerntet. Ein dummer Scherz für Neulinge.

„Hallo, hören Sie mich?“, sprach er den Mann an. Als der, nun offenbar bewusstlos, nicht mal auf ein paar leichte Backpfeifen reagierte, meinte Hubertus: „Stabile Seitenlage“, und versuchte, die Gestalt umständlich umzubetten.

„Blödsinn!“, meinte Klaus. „Fass' an.“

Gemeinsam schleppten sie den Mann die kleine Böschung hoch vor das Auto. Weit und breit war niemand zu sehen; falls man das überhaupt konnte, denn die Straßenbeleuchtung war nicht sehr hell.

Dennoch erlaubte sie den beiden, einen genaueren Blick auf den Ohnmächtigen zu werfen, der am Kopf blutete. Eigentlich sah er nicht aus wie ein Penner. Er trug kurze, blonde Haare, schien gepflegt zu sein und hatte eine Barbour-Jacke, darunter ein Sweatshirt und schwarze Jeans an.

Hubertus beugte sich nochmals über ihn. „Nach Alkohol riecht er auch nicht.“ Er versuchte, den Puls zu fühlen. Klaus hatte in der Zwischenzeit schon sein Handy herausgezogen und den Rettungsdienst angerufen.

Besonders weit hatte es der Rettungswagen Villingen 1/83/1 nicht von der Zentrale im Benediktinerring bis zur Brigachstraße. Der Zivildienstleistende auf dem Beifahrersitz freute sich: Endlich Action. Er genoss diese Fahrten, war nicht wie diese anderen Weicheier, denen das Herz immer bis in die Haarspitzen pochte. Das Einzige, was störte, war das bei dieser Kälte viel zu dünne Weißzeug, das er tragen musste.

„Bewusstlose Person an der Brigach“, hatte der Funkspruch der Leitstelle gelautet. Das konnte ja 'was werden.

„Vergiss die Handschuhe nicht“, rief ihm der den Wagen lenkende hauptamtliche Rettungssanitäter zu, als sie mit Blaulicht – und wegen der Uhrzeit ohne

Martinshorn – in die Friedrichstraße einbogen. Er nickte und sprang kurz darauf aus dem Wagen in die Kälte, um zu erstarren. Neben einer Gestalt am Boden stand ein etwas dicklicher Kerl in Moonboots: Der Mann, der ihn etwa 60 Stunden zuvor in der Südstadt bei Martina vor die Türe gesetzt hatte.

Dieser schien nicht weniger erstaunt, machte aber keine Anstalten, wieder auf ihn loszugehen, sondern tat so, als würde er ihn nicht kennen.

Der mittlerweile ebenfalls eingetroffene Notarzt verfügte die umgehende Einweisung in die Klinik. Von seinem Fachkauderwelsch verstand Hubertus rein gar nichts, außer, dass der Mann offenbar stark unterkühlt war und eine tiefe Platzwunde am Kopf hatte.

„Haben Sie den Mann gefunden?", fragte der Arzt Klaus.

„Ja. Er lag unten am Bachufer. Wir haben ihn hochgeschleppt."

Der Notarzt schüttelte den Kopf: „Sie hätten ihn mal besser dort unten gelassen und den Rest uns überlassen. Was wäre gewesen, wenn er sich beim Sturz in die Brigach eine Wirbelsäulenfraktur zugezogen hätte?"

Klaus war um eine Antwort nicht verlegen: „Hören Sie: Mein Freund ist Rettungshelfer. Der wusste schon, was er tat."

Hubertus errötete, was man bei dem schummrigen Licht zum Glück nicht sah. Wie konnte ihm bloß so ein Schnitzer unterlaufen.

Kurz darauf traf ein Polizeiwagen in der Brigachstraße ein. Hubertus und Klaus beantworteten wahrheitsgemäß, aber etwas kurz angebunden alle Fragen. Schließlich hatten sie einen Mordfall zu lösen. Nein, sie kannten den Mann nicht. Ja, man sei nur zufällig vorbeigekommen. Nein, der

Mann habe seinen Namen nicht genannt. Nein, man wisse nicht, wie lange er an der Brigach gelegen habe. Nein, auch nicht, ob er sich zuvor im Wasser befunden habe.

Dann wurden noch die Personalien der Freunde aufgenommen, ehe sie gehen durften.

„Sag' mal", meinte Klaus, als er den Kadett die Kalkofenstraße hoch lenkte, „war nicht dieser jüngere Sanitäter Martinas Verehrer aus dem Bistro?"

Hubertus knurrte.

„Weißt du, warum ich das frage?"

Hubertus zuckte mit den Schultern.

„Weil der uns sicher helfen kann. Wir sollten uns diesen Verletzten nämlich mal näher ansehen."

Hubertus sagte: „Jetzt lösen wir erst einmal den einen Fall. Unser Mann an der Brigach hatte entweder einen Schwächeanfall und ist die Böschung hinuntergefallen, oder ihn hat irgendeine Jugend-Gang zusammengeschlagen und in die Brigach geworfen. Wahrscheinlich Letzteres. Was ich immer sage: Die Wertevermittlung funktioniert nicht mehr. Und das beginnt schon im Elternhaus. Aber dann werden immer wir Lehrer ..."

Klaus unterbrach Hubertus' Versuch, zu einem Vortrag auszuholen, indem er ruckartig rechts ran fuhr und den Wagen anhielt. „Ich bin nicht so sicher, dass es sich um zwei verschiedene Fälle handelt", sagte er.

„Was???", rief Hubertus.

„Schau mal", sagte Klaus triumphierend und zog etwas aus seiner Tasche. „Das fiel dem Mann aus der Jacke, als wir ihn rumgeschleppt haben."

Hubertus machte große Augen. In der ausgestreckten Hand von Klaus lag ein Fünf-Euro-Jeton mit der Aufschrift „Casino Konstanz".

12. INTENSIV

„Wie heißt denn dein Freund?“, fragte Hubertus in beschwingtem Tonfall und mit mildem Gesichtsausdruck beim Frühstück.

Martina schaute ihn an, biss dann in ihr Croissant und rieb sich die Stupsnase. Wenn ihr Vater so freundlich war, führte er etwas im Schilde.

„Wieso? Willst du dich bei seinen Eltern beschweren?“, fragte sie.

„Sei doch nicht immer so misstrauisch“, meinte Hubertus. „Ich will ihn nur etwas besser kennen lernen.“

„Peter. Peter Klingler.“

„Und er ist momentan Zivildienstleistender beim Roten Kreuz – oder?“, forschte Hubertus weiter.

Martina staunte. „Hast du dich etwa schon nach ihm erkundigt?“

Hubertus erzählte ihr vom Vorabend. „Ruf ihn doch mal an und frag', wie dieses Opfer heißt“, trug er ihr auf. „Klausi und ich wollen den mal besuchen.“

Martina hatte Bedenken: „Erstens hatte Peter Nachtschicht und schläft jetzt sicher und zweitens kriegt er 'ne Menge Ärger, wenn er dienstliche Sachen an Hobby-Detektive weitergibt.“ Dabei hatte sie das Wort „Hobby-Detektive“ besonders hämisch hervorgehoben.

Hubertus wollte gerade etwas erwidern, als das Telefon klingelte. „Vielleicht ist er das“, hoffte er. „Welcher Idiot ruft sonst morgens um acht Uhr an?“

Es war Klaus. „Hoffentlich habe ich dich geweckt“, feixte er. „Ich habe den Namen unseres Mannes von der

Brigach. Die guten journalistischen Kontakte zur Polizei haben sich wieder mal bezahlt gemacht."

Hubertus war beeindruckt. „Wir brauchen deinen Freund gar nicht", beschied er Martina mit gleichgültiger Miene.

Mit Klaus vereinbarte er, am Nachmittag dem Verletzten einen Besuch abzustatten. Ob er wieder ansprechbar sei, hatte der Polizeibeamte allerdings nicht gewusst. Verstorben sei er jedoch nicht, sonst hätte man das mitbekommen.

Kurz nach 14 Uhr trafen sich Klaus und Hubertus auf dem Parkplatz des Villinger Krankenhauses – einem monumentalen weißen Bau mit kleinen grauen Balkonen an der Vöhrenbacher Straße, auf halbem Weg zwischen den Wohnungen von Hubertus und Klaus in der Nähe der Sportanlagen am Friedengrund gelegen.

Das Klinikum war einer der größten Arbeitgeber der Stadt. In letzter Zeit hatten Pläne, die beiden Kliniken in Villingen und Schwenningen möglichst bald in ein großes Zentralklinikum zwischen die Stadtteile zusammenzulegen, große Unruhe gestiftet.

Nur sein Jagdfieber hinderte Hubertus daran, sich richtig unwohl zu fühlen. Er mochte keine Krankenhäuser. Der Karbolgeruch ekelte ihn, die Schicksale der dort liegenden Patienten deprimierten ihn. Und als er zu Beginn seines Zivildienstes ein Praktikum im Krankenhaus hatte absolvieren müssen, waren dies für ihn die schlimmsten Tage seines Lebens gewesen.

Er musste jedoch ohnehin nicht viel mehr tun, als Klaus hinterherzulaufen. Der fühlte sich hier seit einer Liaison mit einer Krankenschwester fast wie zu Hause – auch wenn er mehr Zeit im benachbarten Schwesternwohnheim als auf Station verbracht hatte.

In Zimmer 634 auf der Station 6a sei der Gesuchte, hatten Klaus und Hubertus an der Pforte erfahren.

„Das ist die AVC“, erläuterte Klaus etwas großspurig.

Hubertus verstand nur Bahnhof.

„AVC– die Allgemeine Viszeral Chirurgie“, dozierte Experte Klaus. „Und Zimmer 634 heißt, dass der Herr Privatpatient ist.“

Hubertus fragte nicht mehr weiter, sondern keuchte Klaus kopfschüttelnd hinterher.

Als sie vor dem Zimmer standen, fühlten sie sich etwas seltsam. „Wir hätten Blumen mitbringen sollen“, meinte Hubertus. „Oder wenigstens Kuchen aus dem Krankenhauscafé.“ Klaus öffnete die Tür. Nur ein Patient war in dem Zimmer – ein etwa 75-jähriger Mann.

„Wo ist denn Herr Gerber?“, fragte Klaus.

„Intensivstation“, murmelte der Patient. „Er wurde wieder bewusstlos.“

„Oh, je“, entfuhr es Hubertus. „Wie kommen wir denn da hinein?“

Klaus behielt das Heft in der Hand: „Lass das mal meine Sorge sein.“

Er führte Hubertus noch ein Stockwerk höher auf Station 7. Dann betätigte er die Sprechanlage an der Intensivstation und sagte, wen sie besuchen wollten.

„Gehören Sie zur Familie?“, knarzte eine weibliche Stimme.

Klaus plusterte sich auf: „Ist Schwester Juliane da?“

Die Besucher hatten Glück. Sekunden später erschien Klaus’ Ex-Freundin in der für die Intensivstation typischen blauen Arbeitskleidung an der Tür. Sie wunderte sich zwar, bat das Duo aber herein.

Sie folgten ihr vorbei an offenen Zimmern, in denen ein, manchmal zwei Patienten in futuristisch anmutenden Betten lagen, überall verkabelt, teilweise beatmet. Das dauernde Piepsen, die Alarme und das blasebalgähnliche Geräusch der Beatmungsmaschinen ließen Hubertus sofort, wie schon damals in seiner kurzen Klinikkarriere, die Nackenhaare zu Berge stehen.

Klaus' Verflossene hielt an einem großen Tresen, von dem aus man auf einem Monitor Blutdruck, Herz- und Atemfrequenz sowie Sauerstoffsättigung jedes der hier Liegenden mitverfolgen konnte, und bot ihnen an, Platz zu nehmen.

„Du bist doch sicher dienstlich hier", vermutete sie in Klaus' Richtung. „Schon allein, weil du doch immer im Dienst bist." Das hatte damals auch zur Trennung geführt.

Klaus verneinte und schwindelte: „Gerber ist ein Freund von uns", sagte er. „Können wir zu ihm?"

Juliane schüttelte bedächtig den Kopf: „Erstens ist er immer noch nicht ansprechbar, und zweitens ist gerade seine Frau bei ihm. Kennt ihr sie?"

Jetzt schüttelte Klaus mit dem Kopf. „Nein. Was ist ihm denn passiert?"

Nachdem Klaus Juliane hoch und heilig versprochen hatte, Informationen absolut nicht für die Zeitung zu verwerten, sagte sie: „Er ist niedergeschlagen und in die Brigach geworfen worden. Es sieht nicht besonders gut aus. Die Kripo war auch schon hier."

Hubertus wollte gerade etwas erwidern, als eine brünette Frau von einem der Bettenplätze herausgestürzt kam und aufgeregt rief: „Schwester, mein Mann braucht Hilfe!"

Juliane sprang auf und sagte: „Ich komme, Frau Gerber!"

Hubertus' Augen sprangen fast aus den Höhlen. Wenn er sich nicht völlig täuschte, war das nicht Frau Gerber. Das war Frau Mielke!!

Zehn Minuten später verließ Carolin Mielke die Intensivstation des Villinger Krankenhauses. Gerber ging es etwas besser, ansprechbar war er aber immer noch nicht.

Fast genauso wenig wie Carolin Mielke, die sich mit zwei Männern herumärgern musste. „Frau Mielke", sagte der eine, ein etwas Dickerer. „Sie erinnern sich an mich. Hummel, Hubertus Hummel. Ein Kollege Ihres Mannes."

Carolin Mielke ging schneller, erreichte den Aufzug und drückte auf den Knopf. „Ja, Guten Tag, Herr Hummel. Entschuldigen Sie, ich habe es eilig."

Klaus schaltete sich ein: „Unser Beileid zum Ableben Ihres Mannes."

Frau Mielke drehte sich um, schaute Klaus an und sagte: „Danke. Ich muss jetzt aber."

Klaus blieb dran: „Entschuldigen Sie, Frau Mielke. Aber in welcher Beziehung standen, äh, stehen Sie zu Herrn Gerber?"

In Carolin Mielkes Kopf arbeitete es. Sie tat, was sie schon öfter getan hatte, wenn sie unter Druck stand: Sie begann zu weinen. „Das geht Sie überhaupt nichts an", schluchzte sie. „Bitte lassen Sie mich in Ruhe. Ich habe meinen Mann verloren."

Hubertus sagte mit leiser Stimme: „Das wissen wir, Frau Mielke. Es tut uns sehr Leid. Aber woher wussten Sie, dass Herr Gerber ..."

Carolin Mielke fiel ihm ins Wort: „Lassen Sie mich jetzt bitte zufrieden!" Sie wandte sich vom Aufzug ab und stürmte die Treppe herunter. Klaus wollte sie verfolgen, doch Hubertus hielt ihn zurück. „Lass mal."

Kurz darauf war Klaus im Krankenhauscafé ein gutes Stück weitergekommen, während Hubertus sich dem zweiten Stück „Schwarzwälder Kirschtorte“ widmete.

„Pass mal auf. Ich habe eben nochmal kurz mit Juliane telefoniert“, sagte Klaus. „Gerber ist Leiter eines Schwenninger Fitnessstudios. Entweder die Mielke ist mit dem verwandt, oder – was ich für wahrscheinlicher halte – die beiden hatten was miteinander. Auf jeden Fall hatte Gerber ihre Nummer bei sich.“

Hubertus stopfte sich die Kirsche in den Mund und mampfte: „Es gibt also eine Querverbindung zwischen Mielke und Gerber ...“

Klaus war wieder dran: „Genau. Und diese finden wir entweder über Frau Mielke raus oder vielleicht ...“

„Im Casino“, warf Hubertus ein. „Vielleicht ist das Casino der Schnittpunkt zwischen den beiden. Zumindest schienen sie dort verkehrt zu haben.“

Heute ergänzten sich die beiden gut: „Wir sollten auch in diesem Sportstudio nachfragen“, regte Klaus an.

Kurz darauf stand der Plan fest: Zunächst das Fitnesscenter, dann würde man am Abend nochmals nach Konstanz fahren und hoffen, dass der geschwätzige Radovan auch Gerber kannte; tags darauf wollte man sich Carolin Mielke vornehmen.

In Fitnessstudios fühlte sich Hubertus nicht wesentlich wohler als in Krankenhäusern. Dieses hieß schlicht „Body“ und lag am Schwenninger Stadtrand. Am Tresen wirbelten eine wasserstoffblonde und eine schwarze Dauergewellte, und auch die Mehrzahl der an den kargsilbernen Tischen und an der Bar Sitzenden schien wie aus den einschlägigen Zeitschriften á la „Fit for fun“ entsprungen, in denen einige der Sportfreunde blätterten.

Bei den beiden schmächtigen jungen Männern in schlabbrigen Turnhosen und alten blauen „adidas"-T-Shirts handelte es sich offenbar um Sozialpädagogik-Studenten der nahe gelegenen Berufsakademie, die eine Runde Squash eingelegt hatten.

„Hallo, Huby", grüßte es plötzlich hinter Hubertus. Er drehte sich rasch um. Gerade hatte Elke das Fitness-Studio betreten. Blieb ihm denn gar nichts erspart?

„Das finde ich richtig gut", meinte Elke. „Du machst jetzt auch Übungen?"

Hubertus glotzte nicht nur wegen Elkes Stretch-Hose wie ein Karpfen, während Klaus überlegte, ob Schmunzeln, Grinsen oder Kopfschütteln die angemessene Reaktion sei.

Hummel fand seine Fassung wieder. „Ja, das ist unglaublich wichtig für mein Karma", schnaubte er.

Klaus sah Elke eher als Informantin: „Elke, schön, dich zu sehen. Bist du öfters hier?", fragte er.

„Ja", nickte sie und strich die blonden Haare nach hinten. „Körper und Seele sind gleichermaßen wichtig."

Hubertus begann zu stöhnen. Verdammt nochmal, hatte Elke auch früher schon dieses esoterische Geschwätz d'raufgehabt?

Klaus ließ sich jedoch nicht irritieren: „Kennst du den Besitzer dieses Schuppens: Gerber?"

Elke nickte wieder. „Ein toller Mann. Aber – sein inneres Gleichgewicht hat er noch nicht gefunden."

Auch Hubertus ließ sich jetzt nicht mehr von Elke irritieren. „Du meinst, weil er Spieler ist?", fragte er aufs Geratewohl.

Elke nickte. „Aber, wie man hört, bist du ja auch in jüngster Zeit häufiger an verschiedensten Orten unterwegs."

Hubertus kam ins Grübeln: Sprach es sich schon herum, dass er in Konstanz gewesen war? Oder gar im „love-me-Center"? Und wer tratschte da? Martina? Kollegen? Gar Klaus?

Seine Überlegungen wurden jäh gestoppt, als er durch die Glastür Kirk Willy aufs Fitnesscenter zulaufen sah. „Wir müssen dann mal, Elke", sagte er und zog Klaus in die Herrentoilette.

„Wir müssen dann mal? Hast du sie noch alle?", fragte Klaus, als die Tür zur Toilette hinter ihnen zugefallen war. „Müssen wir jetzt schon zusammen pinkeln? Die hält uns jetzt wahrscheinlich für schwul."

„Willy kam rein", erläuterte Hubertus. „Der macht uns doch fertig, wenn er uns sieht."

Sie warteten etwa drei Minuten, ehe die Tür aufging. Gott sei Dank: Es war nicht Willy, sondern ein anderer Muskelbepackter – offenbar mit Dauerabo im Fitnessstudio. Er schaute Hubertus und Klaus, die gemeinsam neben dem Waschbecken standen, kopfschüttelnd an und verschwand dann hinter einer Tür.

„Wahrscheinlich dopt er sich jetzt", meinte Klaus halblaut.

Hubertus hielt ihm den Mund zu. „Sei still. Willst du heute unbedingt Schläge kriegen?", flüsterte er leicht panisch. Dann öffnete er die Tür, die in den Vorraum des Studios führte, einen Spalt. „Niemand zu sehen."

Klaus plädierte dafür, Elke zu suchen: „Vielleicht weiß sie noch mehr über Gerber."

Hubertus war jedoch nicht für alles Geld der Welt dazu zu bewegen, noch länger hier zu bleiben. Auf Elke und ihr Gerede hatte er momentan ohnehin keine Lust. „Die Antwort finden wir in Konstanz, das sage ich dir. Wenn uns

Willy aber nochmal sieht, finden wir gar keine Antwort mehr. Nie mehr.“

Er schob Klaus unter den argwöhnischen Blicken der Wasserstoffblonden am Tresen in Richtung Straße.

13. SPIEL PAROLI

Riesle und Hummel jagten wieder im Kadett über die Autobahn A 81 in Richtung Singen/Konstanz. Es war genau 21 Uhr. Der Jeton aus Michael Gerbers Manteltasche, der Klaus in die Hände gefallen war, klickte im Aschenbecher hin und her.

„Für mich weisen die Spuren eindeutig ins Zockermilieu", theoretisierte Hubertus, während er sich mit der rechten Hand krampfhaft an der Tür festkrallte. Klaus, der passionierte Rennfahrer, ließ gerade wieder den Hegaublick hinter sich und brachte seine Kiste mit Rückenwind und Schussfahrt kurz vor Engen auf 180 Stundenkilometer.

„Häringer und sein Zuhältertyp machten ja wirklich einen zwielichtigen Eindruck, aber die hatten doch überhaupt kein Motiv, dem Mielke den Garaus zu machen", ließ Klaus die Ermittlungen nochmals Revue passieren und drückte das Gaspedal bis zum Anschlag durch.

„Schon merkwürdig, dass man es schon wieder auf einen Spieler abgesehen hat. Es ist zwar noch nicht klar, ob der Mord an Mielke und der Angriff auf Gerber wirklich etwas miteinander zu tun haben, aber die Vermutung liegt doch nahe. Ja, der Mörder ist in der Spielbank zu suchen", schlussfolgerte Hubertus.

„Ein Fall für Radovan", nickte Klaus. „Der wird sicher wieder da sein."

„Machen wir beide eigentlich wieder gemeinsames Spiel?", fragte Riesle, als er an der Spielbankkasse an der

Reihe war. Hubertus war einverstanden. Er streckte seinem Freund 50 Euro unter die Nase. Letztes Mal war ihnen ja zumindest das Glück im Spiel hold gewesen, die Mordermittlungen hatten dafür weniger eingebracht. Sollte auch diesmal nichts bei den Recherchen herauskommen, so wollten sie sich doch zumindest mit einem kleinen Spielgewinn trösten.

„Fünfer oder Zehner?", fragte der Kassierer an der Hauptkasse.

„Fünfer", forderte Klaus und wandte sich schmunzelnd Hubertus zu. „Diesmal versuchen wir es mit Kleingeld. Dann halten die Kohlen vielleicht etwas länger. Man kann sich ja nicht immer auf das allerletzte Stück verlassen."

Als der Kassierer Klaus 20 Fünferjetons fein säuberlich aufgelegt und aufgezählt hatte, schaufelte er sie in Zockermanier in die Seitentaschen seines zitronengelben Sakkos, das Hubertus so hässlich fand.

„Seid ihr Journalisten nicht schon aufdringlich genug? Da musst du auch noch so schreiende Sachen wie diese schrille Jacke anziehen", frotzelte Hubertus, als sie sich auf den selben Spieltisch zubewegten, an dem sie neulich Radovan ausgefragt hatten.

Der kräftige Bosnier war schon von weitem zu erkennen. Diesmal saß er allerdings nicht gemütlich am Roulettetisch, sondern sprang nervös zwischen den Tischen hin und her, wie das Riesle und Hummel neulich schon bei anderen Spielern beobachtet hatten. Die beiden näherten sich ihm.

„Hallo Rado", sprach Klaus ihn flapsig an.

„Aha, Herren Detektive geben sich Ähre zu Besuch in Abgründe von Spielhelle", begrüßte Josipovic Klaus und Hubertus mit einem schelmischen Grinsen. „Mich wohl wieder ausfragen wollen über Mordfall Mielke, wie neulich schon Polizei", stichelte er und hob bedeutungsvoll die Augenbrauen. „Aber ich keine Zeit. Mein Spiel laufen wie verrieckt heute." Radovan drängelte sich durch eine kleine Menschentraube in Richtung Roulettekessel, strekkte sich nach Kräften und stand auf die Fußspitzen, um zu erkennen, in welches Fach diesmal die Roulettekugel fiel.

„Zero", kam es vom anderen Ende des Tischs. Radovan machte einen kleinen Sprung und klatschte einem Zockerkollegen kräftig auf die Schulter. Der Croupier tippte elegant mit dem Rateau auf die Null und strich dann die verlorenen Gelder ein. Rado wandte sich mit einem breiten Grinsen Klaus und Hubertus zu. „Ich habe Zero-Spiel mit insgesamt 40 Euro gespielt und natierlich gewonnen", verkündete er den beiden.

„Ich verstehe kein Wort", gab Hubertus freimütig zu.

„Ganz einfach. Ich erklären. Zehn Euro spielen 0 und 3, zehn spielen 12/15, zehn nur die Zahl 26 und andere zehn Euro 32/35."

Klaus wurde neugierig: „Und was soll das Ganze bringen?"

Radovan begann, einen Vortrag über die Spielwissenschaft zu halten. „Nummern liegen alle nebeneinander in Spielkessel. Wenn eine von ihnen gewinnen, ich mit zehn Euro Plein oder Cheval dabei, also mit zehn Euro Einsatz voll auf Nummer oder zwei Nummern zusammen." Hubertus begann zu rechnen. „Bei Zero bekommst du also das 17-fache, weil du einen Jeton auf 0/3 hattest. Macht 170 Euro."

Er hatte seine Lektion in punkto Glücksspiel gelernt. „Genau. Sehr gut. Du noch richtige Zocker werden."

„Rado, was mache mer mit dinem G'winn?", fragte der auszahlende Croupier in breitem Konstanzer Dialekt von der anderen Seite des Spieltisches.

„Paroli bis Maximum“, rief der über den Tisch.

Klaus und Hubertus verstanden wieder überhaupt nichts mehr, und sogar der Croupier musste überlegen. „Dann mache mer also Zero-Spiel mit vier Stück à 40 Euro, oder?“

Radovan lächelte jovial: „Und zehn Euro für euch.“

Der Croupier legte den Gewinn vor sich auf, warf einen Zehner-Jeton in die Trinkgeldbüchse und bedankte sich artig. Er nahm die Jetons mit einer eleganten Handbewegung auf, formte sie zu einem kleinen Türmchen und schob sie in ein kleines Feld, das mit „Zero-Spiel“ in weißer Schrift überschrieben war.

Hubertus und Klaus begriffen, dass Rado seinen gesamten Gewinn erneut riskierte.

Hummel blickte auf die Zahlen-Anzeige über dem Tischchef: „15, 12, 0“, murmelte er vor sich hin. „Das heißt, Zero-Spiel lief bereits dreimal in Folge?“, sprach er wieder Radovan an. „Genau. Zero-Spiel heute laufen wie verrieckt. Heute verrieckte Tag. Zocker heute noch verrieckt werden.“ Dann lief Radovan eilig zum gegenüberliegenden Tisch, um dem Croupier noch einen 50er-Jeton hinzuwerfen und „Zero-Spiel mit der 19“ zuzurufen. „Zero-Spiel und die 19. Nichts geht mehr“, kam es vom Tischende zurück. Man hörte die Kugel schon rollen.

„Zero-Spiel“, rief Klaus und legte dem Kopfcroupier am ersten Tisch vier Fünfer hin. Die Annonce wurde noch angenommen, obwohl die Kugel auch hier schon in Bewegung war. „Sag' mal, wir spielen doch zusammen. Können wir das vorher nicht besprechen?“, echauffierte sich Hubertus.

„26, schwarz, pair, passe“, annoncierte der Drehcroupier

kurz darauf. Einen Moment schauten sich Hubertus und Klaus verdutzt an, dann stießen sie einen Freudenschrei aus.

„Man muss seinem Gefühl folgen“, belehrte Klaus seinen Freund lachend.

Radovan war mittlerweile wieder vom Nebentisch zurückgekehrt, wo die 14 die Oberhand behalten hatte. Aber er hatte ja noch an ihrem Tisch ein heißes Eisen im Feuer.

„Ich gute Berater. Ihr jetzt auch Paroli spielen“, forderte Rado, nachdem Klaus und Hubertus ihm von ihrem Gewinn erzählt hatten. „Die Herre’. Plein mit fünf Euro, des macht 175 Euro für die Messieurs.“

Der Croupier schaute Klaus und Hubertus fragend an. „Paroli!“, gab Hubertus selbstbewusst zurück.

„Bist du jetzt völlig ausgeflippt?“, stupfte Klaus ihn in die Seite.

„Man muss seinem Gefühl folgen, nicht wahr?“, gab Hubertus mit hämischem Grinsen zurück.

„Dann machet mer das Ganze also mit je 40 Euro, macht 160, bleibet 15 Euro übrig. Was mache’ mer demit, Messieurs?“, fragte wieder der Croupier. Diese Mischung aus Konstanzer Dialekt und ein paar Brocken Casinofranzösisch wirkte unfreiwillig komisch und hatte die beiden schon bei ihrem ersten Casinobesuch amüsiert.

„Fünf für die Angestellten und zehn Euro zusätzlich auf die Zero“, antwortete Klaus selbstbewusst. Jetzt schienen sich die Neulinge darin überbieten zu wollen, wer sich geschickter auf dem Spielerparkett bewegte.

Radovan hatte seinen gesamten Gewinn wieder in das Spiel investiert und mit 40 Euro auf der 26 richtig gelegen. Der Croupier schob einen dicken Stapel an Jetons mit seinem Rateau hinüber. „1.400 Euro für Herrn Josipovic." Die Ansage war deutlich, denn er wartete offenbar gespannt auf das Trinkgeld. „40 Euro für Angestellte", gab sich Radovan großzügig.

Ein paar Leute schauten ihm neidisch zu, wie er die vielen Jetons in den Jackentaschen verstaute.

Das Tableau hatte sich nun wieder mit dem klickernden und klackernden Spielgeld gefüllt. Irgendwie schien sich bei der Zockergemeinde herumgesprochen zu haben, dass der Drehcroupier ein gutes Händchen bewiesen und eine Serie hingelegt hatte. Schließlich brachte er das schwere Roulette kräftig zum Drehen und ließ das weiße Kügelchen aus Elfenbein mit einer schnippenden Handbewegung erneut in den Kessel rollen.

Die Spieler schien dieser Akt in helle Aufregung zu versetzen. Ein Rumoren, Laufen, Rufen und Schreien setzte ein. Von allen Seiten wurden den Croupiers noch Jetons hingelegt, manchmal auch eilig hingeworfen und hektische Kommandos gebrüllt. Alle starrten gespannt auf das Geschehen in dem kleinen Rund am Ende des Tisches. Schließlich machte es klack, klack, klacker-di-klack.

„28, schwarz, pair, passe", annoncierte der Croupier in näselndem, distinguierten Ton, obwohl er doch gerade noch mit Radovan auf Konstanzerisch gefrotzelt hatte.

„Je-bem-ti", fluchte Rado, „nur ein Loch weiter wäre 12 gewesen."

„Das gibt's doch nicht", rief Hubertus und klatschte sich mit der flachen Hand kräftig gegen die hohe Stirn, so dass es ordentlich knallte.

Hubertus hatte sich den Gewinn schon ausgerechnet, ja fast damit gerechnet. „Ein schöner Batzen Geld ist uns da durch die Lappen gegangen. Zwischen 680 und 1.400 Euro Gewinn wären drin gewesen", rechnete er Klaus vor, der immer noch wie versteinert auf das fast abgeräumte Tableau starrte.

Dann schien Klaus wieder zur Besinnung zu kommen. „Völliger Wahnsinn, diese Zockerei. Eigentlich sind wir doch für unsere Ermittlungen hierher gekommen. Die haben wir vor lauter Zahlensalat vergessen“, ermahnte er Huby, aber auch sich selbst.

„Vertrauensbildende Maßnahmen nennt man das. Durch die gemeinsame Spielerei ist Rado doch noch zutraulicher geworden“, flüsterte Hubertus seinem Freund ins Ohr.

Radovan, der mit beiden Händen in seinen Sakkotaschen nach den verbliebenen Jetons kramte und mit den Achseln zuckte, näherte sich wieder. „Tut mir Leid, Freunde. Is' total in Hose gegangen. Nur eine Zahl weiter, und wir fett gewinnen“, entschuldigte er sich beim Spielernachwuchs.

„Hast du jetzt vielleicht fünf Minuten für einen Sekt an der Bar?“, fragte Klaus direkt. Rado hatte ein schlechtes Gewissen. Das konnte man an seiner verlegenen Miene ablesen. Dies mussten sich die Detektive zu Nutze machen.

Radovan wählte allerdings den teuersten französischen Champagner, den die Casinobar zu bieten hatte: Klaus und Hubertus, die ihn einluden, nippten hingegen an ihren 0,3 Litern Bier, das seine Brauer als eines der besten der Welt priesen. Nach einem winzigen Schluck Champagner hatten die Detektive abgewunken. Nein, das war nichts für sie.

„Rado“, setzte Hubertus in kumpelhaftem Tonfall an, „wir kommen im Mordfall Mielke einfach nicht weiter. Die Spuren, die ins Rotlichtmilieu führten, haben sich im

Sande verlaufen.“

Klaus mischte sich ein und wurde direkter: „Sag' mal: Kannst du dir vorstellen, dass jemand aus dem Zockermilieu etwas mit der Sache zu tun haben könnte?“

„Gestern wurde ein weiterer Spieler aus Villingen, ein gewisser Michael Gerber, fast erschlagen. Kanntest du den?“, setzte Hummel nach.

Radovan kratzte sich das stopplige Kinn. „Gerber ... Hmmm ... nein, ich nicht kennen. Und überhaupt: Zocker verrieckte Leute, aber nicht so verrieckt, dass jemand umbringen.“

Klaus ließ nicht locker: „Ist dir vielleicht sonst noch irgendetwas eingefallen?“

Radovan setzte das Champagnerglas an der Bar ab, verschränkte die Arme, sein Blick verfinsterte sich. Er beugte sich zu Klaus und Huby hinüber, so dass ihnen ein Schwall voll Zockerschweiß in die Nasenflügel stieg. Hubertus drehte sich weg. Für einen Moment glaubte er plötzlich, im Augenwinkel nicht nur seinen ehemaligen Schüler Uwe, sondern auch diesen komischen Zivi von seiner Tochter vorbeihuschen gesehen zu haben. Hubertus schüttelte den Kopf. Irgendwie litt offenbar seine Gesundheit unter dem Stress. Er phantasierte schon.

„Vielleicht von Bedeutung“, redete Radovan weiter. „Neulich nach Gespräch mit euch mich Kommissar befragen. Er mir erzählen von Erlös aus Lebensversicherungsrückkauf, den Mielke einem Spieler anbieten. Name keine Rolle spielen.“ Radovan griff wieder zum Glas, nahm einen kräftigen Schluck und verzog das Gesicht. „Er was von 35.000 Euro sprechen und dass Versicherung auf Mielkes Frau laufen.“ Radovan nickte bedeutungsvoll mit dem Kopf. „Frau hätte doch zwei

Fliegen mit eine Klappe kaputtmachen. Versicherung kassieren und verschwenderische Ehemann kaltmachen." Rado nahm einen letzten Schluck. Es entfuhr ihm ein Rülpser.

Hubertus und Klaus sahen sich bedeutungsschwanger an. Bisher hatten sie es noch nicht gewagt, Carolin Mielke direkt zu befragen – außer gestern im Krankenhausflur.

Der Pietät wegen hatten sie von einem Besuch noch Abstand genommen. Immerhin waren zwei Halbwaisen im Spiel. Das verlangte Respekt, wie Huby seinen Journalistenfreund abermals belehrt hatte.

„Die Mielke hat sich gestern wirklich merkwürdig verhalten. Und wieso gab sie sich als Frau Gerber aus? Und nun auch noch dieses Indiz. Das lässt sie in einem verdächtigen Licht erscheinen", analysierte Hubertus auf dem Weg zur Kasse, wo sie ihr restliches Spielgeld wieder umtauschten.

Bis zur Autobahnausfahrt „Kreuz Bad Dürrheim" war es schweigsam in Riesles Kadett. Klaus und Hubertus waren verärgert, fast schon vergrämt darüber, dass die Polizei offenbar einen so großen Vorsprung hatte. Vom entgangenen Roulettegewinn ganz zu schweigen.

„Der Besuch bei Frau Mielke duldet absolut keinen Aufschub mehr", brach Riesle schließlich das Schweigen.

„Das hatten wir ja gestern schon ausgemacht", unterbrach Hummel.

Klaus platzte der Kragen: „Ich hab' dir ja gleich gesagt, dass wir die Mielke nicht schonen dürfen. Die Suche nach der kriminalistischen Wahrheit kann keine Rücksicht auf solche Einzelschicksale nehmen. Du immer mit deinem moralischen Getue. Typisch rot-grüner Lehrer", ging er seinen Beifahrer an.

„Das bringt doch jetzt nichts", beschwichtigte Hubertus.

„Die Mielke hatten wir doch auch beide nicht auf unserer Rechnung. Morgen Nachmittag habe ich keinen Unterricht. Da können wir sie doch befragen", schlug er vor.

Klaus hätte am liebsten zu einer Schimpfkanonade über das Freizeitverhalten der Lehrer angesetzt. Er selbst hatte zwar Urlaub, aber es ärgerte ihn, dass Hubertus das so selbstverständlich voraussetzte. „Zufällig hab' ich morgen nichts vor", antwortete Klaus schnippisch.

Auf Höhe der Villinger Gaskugel, deren monotone zweifarbige Bemalung vor vielen Jahren die Stadt ein Vermögen gekostet hatte, hatte sich Klaus wieder im Griff. Er beschloss, seine Energien wieder auf den Fall zu konzentrieren: „Gut. Die Mielke nehmen wir also morgen in die Mangel."

In der Kalkofenstraße, unterhalb des Hubenlochs, setzte Klaus Hubertus ab. Hummel wollte noch ein paar Schritte laufen. Er nahm ein paar kräftige Luftzüge und hauchte ein paar Dampfschwaden in den sternenklaren Nachthimmel. Vom Münster schlug es Mitternacht.

Dann schlidderte er vorsichtig die spiegelglatte Laiblestraße in Richtung Südstadt herunter. Er wollte nicht schon wieder auf den Steiß fallen und womöglich doch noch in den Städtischen Kliniken landen. Gerade jetzt duldeten doch die Ermittlungen keine weiteren Verzögerungen mehr. Und vom Krankenhaus-Geruch hatte er morgens schon genug inhaliert.

14. KEBAB UND RADETZKYMARSCH

Am nächsten Morgen machten sich der Schlafmangel und die schlechte Vorbereitung bei Hubertus' Unterricht bemerkbar. Mehrfach verhaspelte er sich, so dass die 11a bei seinen Ergüssen über Theodor Storms „Schimmelreiter" kollektiv grinste. Auch der Gemeinschaftskunde-Unterricht in der Zwölften lief nicht optimal. Am Schluss der Stunde wusste selbst Hubertus nicht mehr, in welchem Fall nun eigentlich der Vermittlungsausschuss von Bundestag und Bundesrat eingesetzt wurde. Er musste dringend ins Bett.

Daraus wurde jedoch nichts, denn es standen noch ein knappes Dutzend Besorgungen in der Innenstadt an. „Das bisschen Haushalt, ist doch kein Problem, sagt mein Mann", hatte es in den 70ern einmal ironisch in einem Schlager geheißen. Seit Elke weg war, erinnerte er sich ständig dieses Liedes.

Wenigstens der strahlend blaue Himmel über der alten Zähringerstadt hob Hubys Laune etwas. Die Münstertürme glitzerten im gleißenden Licht. Besonders der Turm mit den bunt emaillierten Ziegeln war wie ein Leuchtfanal schon von weither zu erkennen. An solchen Tagen fluchten die Villinger ausnahmsweise mal nicht über ihre Stadt als „kaltes Loch". Die klare Schwarzwaldluft überzog den Ort im Winter zwar mit Frost, bescherte aber glasklare und sonnige Wintertage.

Hubertus brummte der Magen. Das mit den Einkäufen musste warten. Er beschloss, sich mit einem Döner Kebab für die nachmittäglichen Ermittlungen zu stärken.

Villingen-Schwenningen war für seine Dichte an Döneranbietern bekannt. Türkische Einwanderer hatten im Laufe der Jahrzehnte einen Stand nach dem anderen eröffnet – ein Kebab besser als der andere. Den nach Hubertus' Meinung Leckersten gab es allerdings immer noch bei Ali in der Schlösslegasse.

„Mit allem?", fragte Ali grinsend.

„Mit allem!", entgegnete Hubertus und biss kurz darauf in das frisch gebackene Fladenbrot, prall gefüllt mit Hammelfleisch, Krautsalat, Zwiebeln und der legendären Knoblauchsauce. Er spazierte mampfend in Richtung Hubenloch und hatte alle Hände voll damit zu tun, die Sauce von seinem neuen Wintermantel fern zu halten.

Um Punkt 15 Uhr stand Klaus vor seiner Tür und holte ihn ab. Pfaffenweiler war das Ziel, genauer: Carolin Mielke. Klaus hatte am Morgen zwar länger schlafen können, richtig in Form war jedoch auch er nicht. Und so kam es, dass die beiden im Wagen zehn Meter vor Mielkes Haus eine längere Debatte über das weitere Vorgehen führten. Während Hubertus für Zurückhaltung und ein mitfühlendes Gespräch mit Carolin Mielke plädierte, wollte Klaus sie unter Druck setzen. „Die hat Dreck am Stecken, da bin ich mir sicher", meinte er.

Hubertus sagte plötzlich: „Sag mal, Klaus, kennst du die Serie 'Ally Mc Beal'?"

Klaus war genervt: „Ja, kenne ich. Können wir uns auch gerne mal zusammen anschauen. Aber wir haben jetzt andere Sorgen ..."

„Ich meine nur", warf Hubertus ein, „weil die immer Halluzinationen hat. Mir geht's ähnlich. Oder ist das da" – er deutete auf Mielkes Haustür – „tatsächlich wieder dieser Zivi von neulich? Der Knabe von Martina?"

Klaus wendete den Kopf zur Seite. „Verdammt, du hast

Recht.“ Sie drehten ihre Sitze im Kadett zurück, was bei dem alten Modell von 1989 noch so seine Zeit in Anspruch nahm. Klaus, der in Richtung der Haustür saß, öffnete das Fenster einen Spalt. Die Kälte schnitt ihnen ins Gesicht, doch die Worte waren gut zu verstehen. Auf dem Treppenabsatz stritt Carolin Mielke mit dem jungen Mann, der gerade an ihrer Tür geklingelt hatte. Er hatte nichts mehr von einem harmlosen Zivildienstleistenden oder dem ertappten Freund seiner Tochter, als den Hubertus ihn jüngst kennengelernt hatte.

„Und sag' deinem Macker, ich bekomme noch genau 30.000 Euro. Und zwar bis morgen“, rief Peter Klingler drohend zu Carolin Mielke. Dann ertönte plötzlich der computerisierte Radetzkymarsch. Ta-ta-tam-ta-ta-tam-ta-ta-tam-tam-tam. Ein Handy klingelte. „Ja!“, brüllte Peter hinein. Und kurz darauf: „30.000 Euro. Gut, ich komme sofort.“

Dann drehte er sich um und ging, ohne Carolin Mielke noch einmal eines Blickes zu würdigen. Er lief die Straße entlang. Frau Mielke schaute ihm verwundert nach und schloss dann die Tür.

„Was war das denn?“, fragte Hubertus. „Ihr Macker? Was soll das? Schuldete Herbert Mielke diesem Peter etwa Geld?“

„Hm“, überlegte Klaus. „Scheint sich noch nicht überall herumgesprochen zu haben, dass Mielke tot ist.“

Hubertus dachte inzwischen in eine andere Richtung: „Oder geht es dabei etwa um Gerber? Wahrscheinlich hatte die Mielke ja wirklich 'was mit dem.“

Etwa 50 Meter weiter stieg Peter Klingler in einen alten VW Golf. Hubertus erinnerte sich jetzt, den Wagen schon ein paar Mal in der Nähe seines Hauses geparkt gesehen zu haben. „Wir fahren diesem Typen hinterher“, entschied Klaus ad hoc und gab Gas.

15. VERFOLGUNGSJAGD DURCH VS

„Weißt du, was das Beste ist?“, fragte Hubertus. „Ich bilde mir ein, diesen Typen gestern Abend im Casino gesehen zu haben.“

„Quatsch“, meinte Klaus, während er den Kadett gekonnt über einige Eisschollen lenkte.

Die Fahrt ging auf der Umgehungsstraße L 181 in Richtung Villingen. „Der wäre mir doch auch aufgefallen.“

„Du warst so in das Spiel vertieft ...“, meinte Hubertus wieder. „Aber der Tanz um das ‘Goldene Kalb’ Geld rächt sich. Das habe ich schon immer gesagt.“

„Halt den Mund“, rief Riesle. „Du warst gestern ja nicht minder fanatisch.“

Mittlerweile war schon das Tenniszentrum auf dem Friedengrund zu sehen. Villingen war erreicht. „Vielleicht fährt er zu Martina. Die hat ja gerade sturmfreie Bude“, grinste Klaus.

„Außerordentlich witzig“, schimpfte Hubertus. Er konnte aber beruhigt sein. Der VW Golf bog nicht links Richtung Hammerhalde/Krankenhaus ab, sondern blieb auf der L 181, die hier Peterzeller Straße hieß.

Auch die Erwartung, Klingler würde zu seiner Zivildienststelle fahren, bestätigte sich nicht. „Wir hätten uns trennen sollen“, ärgerte sich Klaus, als der Verfolgte in der Goldenbühlstraße an einer Ampel anhielt. „Du hättest die Mielke ausquetschen können, und ich wäre dem Bürschchen hinterhergefahren.“

Hubertus winkte ab. Er erinnerte sich an das Gespräch mit Helen Willy. Wahrscheinlich hätte dieses ähnlich kurz gedauert. Vielleicht hatten ja auch Mielkes einen Hund.

„Lass uns noch mal überlegen: Trifft er sich jetzt mit demjenigen, der ihm das Geld gibt?“, fragte Hubertus. Klaus nickte: „Mit seiner Mutter wohl kaum!“

Hubertus überlegte weiter: „Mielke ist tot; der kann's ja wohl nicht sein. Und Gerber ist doch noch im Krankenhaus.“

Klaus zuckte mit den Schultern: „Das Ganze wird immer rätselhafter.“

Der Wagen nahm Kurs auf den Nordring in Richtung Schwenningen. Dichter Verkehr erschwerte die Verfolgung etwas – andererseits konnte Klingler so keinen Verdacht schöpfen.

Nun konnten sie auf der rechten Seite den Familienpark sehen, der ebenso erfolgreich wie in seiner Finanzierung umstritten war.

„Du, der fährt ins 'love-me-Center'“, mutmaßte Hubertus.

Doch er täuschte sich. Am Kreisverkehr nahe des Nachtlokals bog der Golf nicht etwa nach links ab, sondern fuhr geradeaus nach Schwenningen.

„Was machen wir, wenn das alles ganz harmlos ist?“, sorgte sich Hubertus weiter. „Martina würde mir wohl nie verzeihen, dass wir hier ihren Freund observieren.“

Klaus beruhigte ihn: „Sag' deinem Macker, ich bekomme noch 30.000 Euro. Das waren ja wohl seine Worte. Und dann noch dieser Anruf, worauf er sich umdreht und geht. Der Typ ist hochgradig verdächtig.“

Hubertus spann den Faden weiter, wenn auch in eine etwas andere Richtung: „Und welcher Zivildienstleistende hat als Handy-Melodie schon den Radetzkymarsch? Wirklich verdächtig."

Klaus warf ein: „Radetzky? Ich dachte, das war die 'Bonduelle'-Werbung." Und er sang: „Bonduelle ist das famose – Zartgemüse aus der Dose."

Hubertus ersparte sich den Vortrag über die verheerenden Auswirkungen von Fernsehkonsum.

Der Golf fuhr jetzt nach Schwenningen hinein. Er bog an der Ampel nach rechts in die Arminstraße ab, kurz darauf wieder nach links. In der Walther-von-Rathenau-Straße dämmerte Klaus etwas: „Weißt du, wo der hinfährt? Zum Eisstadion!"

Er schien Recht zu behalten. Rechter Hand passierten sie die Feintechnikschule, dann fuhren sie durch die Salinenstraße. Der Verkehr lief immer noch zähflüssig.

Plötzlich schlug Klaus aufs Lenkrad: „Willy! Er trifft sich mit Willy. Wahrscheinlich hatte Willy eine Affäre mit Frau Mielke!"

Hubertus runzelte die Stirn. Unwahrscheinlich, aber nicht komplett unmöglich, zumal der Golf jetzt tatsächlich nach rechts zum Bauchenbergstadion abbog. Klaus war fast aus dem Häuschen. „Da! Auf dem Parkplatz! Ich kenne den Porsche von Willy. Das ist er."

Hubertus war fassungslos: „Aber welche Rolle spielt denn dieser Peter?"

Klaus kam um die Antwort herum, denn der VW Golf hielt gerade auf dem Parkplatz. Klingler stieg aus. Klaus stoppte kurz nach der Einfahrt des Parkplatzes und zwängte sich in eine Parkbucht.

„Au, Scheiße", flüsterte Klaus. Die 20 Meter zwischen ihnen und Klingler reichten aus, um zu sehen, dass der junge Mann irgendetwas in der Hand hielt. Und das Etwas war eindeutig eine Schusswaffe.

Klingler lief in Richtung Haupteingang des Bauchenbergstadions und verbarg jetzt seine Waffe in der Jackentasche.

Klaus zog Hubertus mit sich: „Oh, Mann. Der will den Willy kaltmachen", flüsterte er aufgeregt. Mit einigem Abstand folgten sie dem jungen Mann.

„Na, toll", flüsterte Hubertus. „Zivi – und dann 'ne Waffe tragen. Wenn ich mich an meine mündliche Gewissensprüfung vor diesem Ausschuss erinnere. Bis die Verweigerung damals durch war ..."

Klaus hörte nicht zu. Komischerweise lief Klingler jetzt am Stadion vorbei in Richtung ... Schwenninger Moos.

16. VIEL LOS IM MOOS

Hubertus war kurz davor, schlapp zu machen. Bei Eiseskälte in der nun beginnenden Dämmerung dem mit einer Pistole bewaffneten Freund seiner Tochter zu folgen, der sich tief in die verschneite Mooslandschaft hineinbewegte, das war ihm zu viel.

Wissenschaftler hatten hier einst Siedlungsnachweise aus der Bronzezeit gefunden. Das Moor konservierte die Dinge bestens. Einer Sage nach hatten die alten Germanen hier sogar Menschenopfer gebracht.

Auf sonntäglichen Spaziergängen war Hubertus mit Elke manchesmal hierher gekommen. Tagsüber war das Erholungsgebiet, das zum Neckarursprung führte, außerordentlich schön.

Aber Hubertus wusste nicht zuletzt aufgrund der vielen Schautafeln, die die Geschichte des Mooses verdeutlichten, dass ein falscher Schritt reichte, um in der Moorlandschaft in ernsthafte Schwierigkeiten zu geraten.

Wahrscheinlich würden ihn dann nach ein, zwei Tagen Spaziergänger als Leiche entdecken. Am besten sogar Elke, wenn sie hier mit Bröse vorbeilief. Das würde ihr ganz recht geschehen.

Peter Klingler verlangsamte nun seine Schrittfrequenz und ging ein paar Meter vom Hauptweg ab. Der Schnee knirschte unter seinen Schuhen. Schließlich blieb er stehen und drehte sich um. Der Himmel war pechschwarz. Ein Glück für Hubertus und Klaus, die sich auf Zehenspitzen hinter eine kleine Baumgruppe zwängten und so kaum zu entdecken waren. Hubertus traute sich dennoch kaum zu atmen. Die Umgebung wirkte absolut gespenstisch. Dazu kam die unheimliche Stille, denn angesichts der Kälte und der Lichtverhältnisse waren fast keine Spaziergänger mehr unterwegs.

Plötzlich knirschte es wieder. Abermals schien jemand den Hauptweg verlassen zu haben.

„Peter?“, rief eine leise Stimme.

„Ja!“, bestätigte der.

Hubertus stellte es die Nackenhaare auf. Diese Stimme, die kannte er ...

„Hast du das Geld, Ziegler?“, fragte Peter.

Ziegler! Kollege Ziegler! Fast wäre Hubertus ein Schrei entfahren.

Der immer so zurückhaltend wirkende Lehrer überreichte Peter einen Umschlag. Die Bewegungen, das etwas Behäbige – ja, das war zweifelsohne Ziegler. Was machte der hier?

Peter zählte die Scheine in dem Umschlag, was ihm aufgrund der Lichtverhältnisse und der Kälte Schwierigkeiten zu bereiten schien. Er wirkte unzufrieden: „Ziegler, das sind nur 15.000 Euro. Wir hatten 50.000 für das Kaltmachen deines Kollegen vereinbart. 20.000 hast du mir schon gegeben. Jetzt 15.000. Da fehlt doch noch ‘was, oder kannst du nicht rechnen, Lehrer?“

Hubertus glühten die Ohren trotz der Kälte. Was nun? Er blickte Klaus an, doch auch der zuckte hilflos mit den Schultern.

Hubertus überlegte: Jetzt war es wohl wirklich so weit, Hilfe einzuschalten. Er kramte vorsichtig aus seiner Jackentasche den Geldbeutel hervor und tastete nach der Visitenkarte des Kommissars, die er im Casino erhalten hatte. Aus der anderen Tasche zog er das Handy und wählte die Nummer von Müller. Hoffentlich hatte er sich im Halbdunkel nicht verguckt.

Währenddessen stritten sich der Mörder und sein Auftraggeber – dass sie das waren, schien nun eindeutig. Ziegler behielt seine langsame und leise Sprechweise auch in dieser Situation bei: „Peter, nun gedulde dich ein wenig. Gib mir noch eine Woche."

Peter schien unwillig: „Auch ich habe meine Außenstände, Lehrer."

Ziegler nickte: „Ich weiß, Peter. Spielschulden sind Ehrenschulden."

Hubertus geriet in Panik. Wieso meldete sich dieser Kommissar nicht? Immerhin beruhigte ihn, dass er gestern im Casino offenbar doch nicht halluziniert hatte. Dieses Bürschchen war offenbar gerade mal seit etwa einem Jahr berechtigt, im Casino zu zocken, und hatte schon Spielschulden angehäuft. Kein Wunder. Wie schnell man davon süchtig werden konnte, hatte auch er am Vorabend gesehen.

Müller meldete sich nicht. Typisch, wenn man die Polizei mal brauchte ...

Hubertus drückte den Knopf, um die Verbindung zu unterbrechen, und steckte das Handy wieder in seine Tasche.

Das Wortgefecht zwischen Peter und Ziegler ging weiter und nahm an Dramatik zu.

Klingler sagte: „Ich könnte dich jetzt über den Haufen schießen, Lehrer." Er zog seine Pistole.

Ziegler beschwichtigte eindringlich: „Davon hättest du keinen Nutzen, Peter." Er schluckte: „Ich will fair mit dir umgehen. Du bekommst das Geld. Wenn ich mehr besitzen würde, hätte ich dir auch den Auftrag für diesen Fitness-Typen erteilt, der Carolin belästigt hat. Es war nämlich nicht einfach, das selber zu tun. Aber ich musste es tun. Ich musste. Das verstehst du doch?"

Hubertus und Klaus in ihrem Versteck waren fassungslos. Zehn Meter von ihnen entfernt tat sich Unglaubliches. Ziegler hatte also einen Mord angestiftet und einen weiteren selbst begangen – oder zumindest einen versuchten Mord, denn wie es Gerber ging, war ja unklar. Und wie war das mit Carolin?

Ein Geräusch schnitt die Stille. Kein normales Geräusch. Eine Tonfolge. Di-dadi-dadi-dadi-dadaa – Mozarts „Kleine Nachtmusik". Hubertus griff panisch nach seinem Handy. Kommissar Müller hatte Hubertus' Nummer auf der Anzeige seines Telefons gesehen und rief zurück.

Für sein Mobiltelefon hatte Hubertus die Ruftonlautstärke Stufe 4 eingegeben. Das reichte.

Peter fuhr herum: „Mein Handy ist es nicht", sagte er.

Ziegler schüttelte den Kopf: „Ich brauche kein Handy."

Es war vorbei.

„Nicht schießen!", riefen Hubertus und Klaus. Sie krochen hinter den Bäumen hervor und klopften sich den Schnee ab.

„Hände hoch!", brüllte Peter. Dann staunte er: „Bist du nicht der Typ, der mich aus Martinas Zimmer geschmissen hat?"

Ziegler war nicht minder verblüfft: „Kollege Hummel. Sieh an."

Peter überlegte: „Habt ihr alles gehört? Dann sollte ich euch jetzt wohl gleich kaltmachen."

Hubertus und Klaus blieben die Antwort schuldig.

Von fern ertönten Geräusche, die an eine Büffelherde erinnerten. Sie schienen näher zu kommen, und zwar rasch.

Peter drückte seinen Zeigefinger gegen den Mund. Er bedeutete den Hobby-Detektiven, still zu sein. Die Herde kam noch näher.

Hubertus überlegte, doch dann konnte er einfach nicht anders. Vielleicht würden die Büffel nicht sie, sondern diesen Jungkriminellen mit der Waffe überrennen. „Hilfe! Hilfe!", brüllte er aus Leibeskräften und warf sich in den Schnee. Klaus tat es ihm nach: „Hiiilfee!"

Aus Klinglers Waffe löste sich ein Schuss. Er pfiff über die beiden am Boden hinweg.

Dann ging alles verflixt schnell. Es waren keine Büffel, die da durchs Schwenninger Moos liefen. Es waren Schwäne – große, kräftige, durchtrainierte, wilde: die Schwenninger „Wild Wings" beim späten Lauftraining.

Binnen Sekunden waren sie nach dem Hilferuf und dem Schuss durch das Gebüsch gebrochen. Dann stürzten sich etwa fünf der Spieler auf Peter und entrissen ihm die Waffe. Ziegler blieb unbehelligt. Er sah viel zu harmlos aus.

Hubertus kam nicht so leicht davon, obwohl er der Hilferufer gewesen war. Zu den joggenden Spielern gehörte nämlich natürlich auch Kirk Willy. Und der war überhaupt nicht erfreut, die Typen wiederzusehen, die ihn beinahe seine Ehe gekostet hätten.

„You again?", brüllte er, stürzte sich auf die beiden und schlug auf sie ein. Während eines Spiels hätte das wohl fünf Minuten plus eine Spieldauerdisziplinarstrafe gegeben.

17. Bratwurst und Penalty

Hubertus biss begeistert in seine Bratwurst mit extra viel Senf. Er war bemüht, nicht wie üblich zu kleckern.

„Papa, lass mich auch mal beißen." Martina zog die Hand von Hubertus mit der fettigen Bratwurst zu sich hinüber und verschlang ein großes Stück. Sie hatte von ihrem Vater die Eintrittskarte geschenkt bekommen. Der hatte sich vorgenommen, sich künftig mehr um Martina zu kümmern. Ohne ihn geriet sie offenbar automatisch in schlechte Gesellschaft.

Martina schaute immer noch ziemlich traurig drein, doch jedes Mal, wenn sie Huby und Klaus anblickte, musste sie einfach loslachen. Fast hätte sie sich an der Wurst verschluckt. Riesle und Hummel hatten beide ein dickes blaues Auge. Willy hatte ganze Arbeit geleistet und den Freunden wenigstens das gleiche Auge, nämlich das linke, vorläufig ramponiert.

„Bei Willy stecken eben in Schlagschuss und Faust enorme Kraft", rief Klaus zu Martina hinüber und drückte seine Wange an die seines Freundes, so dass sie wie zwei Zwillingswelpen mit gescheckten Augen wirkten.

„Was?", kam es von Martina zurück. Gerade brandete wieder ohrenbetäubender Lärm im Eisstadion auf. Die Wild Wings starteten eine Tempoattacke auf die Verteidigungszone der Kölner Haie, den langjährigen Lieblingsgegner der Schwenninger. In den 90er-Jahren waren die Haie oft hochfavorisiert angereist, was immer ein volles Haus bedeutet hatte. Und dann hatten sie doch meist die Punkte beim Favoritenschreck vom Neckar und seinem fanatischen Publikum lassen müssen.

Der Puck wurde gerade auf Kirk Willy gepasst. Der ließ gekonnt einen Gegner aussteigen, marschierte in Richtung Tor und holte mit seiner Kelle zum Schuss aus.

„Toooooooooor!“, kam es aus den Kehlen der 5.200 Eishockeyfans der nun im Freudentaumel vereinten Doppelstadt. 3:3-Ausgleich, zwei Minuten vor Spielende.

Martina und Klaus lagen sich in den Armen. Hubertus schleckte den Senf von seinem blau-weißen Schal ab. Im Freudentaumel hatte er wieder mal gekleckert, aber die Bratwurst war zum Glück unversehrt geblieben.

Mit einem Arm umschlang er Martina und küsste sie auf die Wange. „Nicht mehr traurig sein, Töchterlein. Du kennst ja den Spruch mit den anderen Müttern, die hübsche Söhne haben.“

Martina kniff die Lippen zusammen und lehnte ihren Kopf auf den verschmierten Schal Hubys. Zum jetzigen Zeitpunkt fand sie diese Art der Aufmunterung noch nicht besonders lustig.

„Ich sagte doch: Willy hat eine enorme Schusskraft“, schrie Klaus Martina ins Ohr, die angesichts der hohen Dezibelzahl das Gesicht verzog. Klaus und Hubertus klatschten sich mit einer Hand ab, so dass Huby um ein Haar die Wurst doch noch aus der anderen Hand geglitten wäre.

Kurz darauf ertönte die Schlusssirene: Ein Penalty-Schießen musste also her.

Edelbert Burgbacher drängelte sich mit einer Palette Glühwein die Stehränge hoch. Er hatte es fertig gebracht, erst während des dritten Drittels im Stadion aufzukreuzen, hatte dann aber immerhin gleich Hubertus und Klaus auf der Gegengerade erspäht. Kein Wunder, bei deren auffälligem Äußeren nach Willys Handgreiflichkeit.

Zur Strafe für seine Verspätung war Edelbert nun für den Getränkenachschub zuständig.

„Hab' ich 'was verpasst? Ist das Spiel schon vorbei?", fragte er mit verdutzter Miene.

„Nein. Penalty-Schießen ist angesagt", belehrte Martina.

„Hach, Eishockey", säuselte Edelbert, schüttelte den Kopf und fuhr sich über die Glatze. „So viele Regeln. Da steigt man ja gar nicht durch. Ich bin da eher für improvisiertes Schauspiel."

„Apropos Schauspiel", unterbrach Hubertus, „das gestern im Schwenninger Moos war ja wohl ein filmreifes Spektakel. Hätte dir gefallen, Eddi."

Klaus nickte zustimmend. „Also den Ziegler hatten wir nun wirklich nicht auf der Rechnung", sprach er zu Martina und Edelbert und prostete ihnen fröhlich zu. „Wenn ich noch an dessen Unschuldsmiene auf dem Wochenmarkt denke, tssss", pflichtete Hubertus bei. „Harmloses Muttersöhnchen, dass ich nicht lache. Und in der Schule der oberkorrekteste von allen Paukern."

„Was Liebe und Eifersucht alles anrichten kann, hat keiner wie Shakespeare auf der Bühne umgesetzt. Und doch so nah am wahren Leben", dozierte Burgbacher über Theater und seinen Realitätsbezug und nippte an seinem Glühweinbecher.

Dann zückte er einen kleinen Flachmann. „Das Zeug ist mir zu wässrig. Mag jemand einen Grog?", fragte er mit seinem schmetternden Bass. Martina streckte ihren Becher hin. Um über den Schock hinwegzukommen, dass ihr Peter ein kaltblütiger Mörder war, brauchte sie einen Extraschluck. Und ihr Vater hatte heute nicht einmal etwas dagegen. Nachdem sie ihn im Bistro gesehen hatte, wirkten seine Vorträge über die Gefahren des Alkoholismus ohnehin nicht übermäßig überzeugend.

„Ziegler war völlig in die Mielke vernarrt, die sich von unserem Mordopfer vernachlässigt fühlte. In einem schwachen Moment hat sie ihm mal für ein Schäferstündchen nachgegeben und ihn danach prompt nicht mehr losbekommen“, erläuterte Hubertus Burgbacher die Hintergründe des Falles.

„Als Carolin Mielke ihn dann mit der Begründung abwies, ihre Ehe unbedingt retten zu wollen, drehte Ziegler völlig durch“, schaltete Klaus sich ein. „Er verfolgte Herbert Mielke auf Schritt und Tritt und tauchte sogar im Casino auf, wo er seinen ehemaligen Schüler Peter Klingler traf, der in argen Geldnöten steckte. Er war wegen seiner Spielsucht und den daraus resultierenden Schulden in die Mühlen des grenzüberschreitenden Drogenhandels geraten.“

„In meiner Klasse war der Klingler nie“ beeilte sich Hubertus zu betonen. „Klar – ich erziehe ja auch keine Mörder“, meinte er hochtrabend. „Der hätte jedenfalls für Geld fast alles gemacht. Das merkte Ziegler, und er heuerte Klingler schließlich als Killer für Mielke an. Er glaubte so, das Hindernis für seine Liebe zu Carolin Mielke beseitigen zu können.“

„Ich fass' es einfach nicht“, schluchzte Martina.

„Nicht mehr weinen, Kleines“, beruhigte sie Hubertus. „Dein Peter war in einer verdammt verzweifelten Lage. Er schuldete einem Schweizer Dealerboss mehr als 50.000 Euro. Mit dem war nicht zu spaßen. Aber die Angst um das eigene Leben rechtfertigte natürlich nicht, einen Unschuldigen zu ermorden“, schilderte Hubertus das Tatmotiv Klinglers.

„Du wieder mit deinem moralischen Gelaber und diesem Verständnis für die Täter. Wo bleibt da der Opferschutz? Eiskalt hat er den Mielke doch hier unter den Augen von

5.200 Leuten erschossen und hätte dabei gut und gerne noch andere töten können", schüttelte Klaus verständnislos den Kopf.

„Ich meine ja nur", verteidigte sich Hubertus schwach.

„Moment mal", unterbrach Edelbert den kleinen Disput. „Aber wieso hat dieser Klingler den Mielke dann im Eisstadion kaltgemacht? Vor so vielen Zeugen? Ich meine, da hätte man ihn doch leicht erwischen können."

„Stimmt", antwortete Klaus. „Aber Ziegler wollte es so. Er wollte unbedingt neben dem Opfer sitzen, weil er glaubte, damit unverdächtig zu sein. Und außerdem hat er fast so einen Sinn für Dramaturgie wie du, Edelbert. Zudem konnte sich Klingler mit seiner Sanitäteruniform im Eisstadion frei bewegen. Von schräg hinten hat er dann auf Mielke geschossen. Dabei vertraute er auf seine Zielgenauigkeit. Klingler war immerhin früher mal Sportschütze", holte Klaus aus.

Huby schüttelte den Kopf. „Ein Kriegsdienstverweigerer im Schützenverein, tssss. Also, zu meiner Zeit ..."

Klaus ließ sich nicht beirren: „Da kann der Schützenverein aber nichts 'für. Immerhin haben die ihn vor wenigen Monaten rausgeschmissen, weil er offenbar lange Finger in die Kasse gemacht hat. Er brauchte wohl wirklich dringend Geld."

„Und welche Rolle spielte Carolin Mielke in diesem ganzen Theater?", fragte Edelbert und zerknautschte seinen Becher, nachdem er den Grog in zwei Zügen heruntergekippt hatte.

„Die war völlig ahnungslos. Und dabei wollte sie ja gar nichts mehr von ihrem Mann. Indem sie Ziegler mit dem Vorwand abwies, ihre Ehe retten zu wollen, lieferte sie den Gatten paradoxerweise ans Messer – ohne es zu wollen und zu wissen", erklärte Klaus.

Hubertus setzte derweil ein dreckiges Grinsen auf, das eigentlich gar nicht zu ihm passte. „Die war schon wieder mit einem neuen Lover zugange, als ihr Mann gerade im Eisstadion erschossen wurde.“

„Und derweil glaubte Ziegler, nun freie Bahn zu haben. Doch als er Carolin Mielke wieder den Hof machte, wies sie ihn erneut ab. Ziegler jedoch hörte nicht auf, ihr aufzulauern und machte die Entdeckung, dass sie eine neue Affäre am Laufen hatte“, ergänzte Klaus.

Hubertus nickte. „Ziegler war völlig besessen und glaubte nun, dass er wieder bei ihr Chancen hätte, wenn er den neuen Gespielen, diesen Sportstudio-Fuzzy Gerber, auch noch beseitigte.“

„Doch der Klingler, Mielkes Killer, hatte erst eine Anzahlung gesehen. Obwohl Ziegler ja kaum Geld für sich gebraucht hat, war er nicht flüssig. Ein guter Teil seines Geldes ist nämlich für Geschenke an Carolin Mielke draufgegangen. Der hat ihr tatsächlich ein Brillantenkollier für 30.000 Euro zukommen lassen. Wahnsinn!“ Hubertus schüttelte den Kopf. „Der war total verrückt nach der Mielke. Na ja, verschroben, zurückhaltend, wahrscheinlich noch nie ‘ne Frau gehabt ...“

„Und dann musste er sich sogar von seiner Mutter Geld ausleihen, um die Provision für den Killer zu bezahlen“, fügte Klaus hinzu.

„Auf jeden Fall war er dann beim zweiten Mal gezwungen, selbst Hand anzulegen“, schaltete sich Hubertus wieder ein. „Und zwar von hinten mit einer Eisenstange. Aber als Killer war er zum Glück ein Stümper. Gerber geht es nämlich wieder besser.“

Dann winkte er lässig einem klein gewachsenen Mann zu.

„Wer war das denn?“, fragte Martina.

„Das ist der Bordellbesitzer Häringer“, informierte Klaus. Martina schüttelte nur noch den Kopf. Wahrscheinlich musste sie künftig auf ihren Vater aufpassen – und nicht umgekehrt.

„Und ihr zwei Helden habt die beiden zur Strecke gebracht?“, mischte sich Edelbert wieder ein und lachte dröhnend los.

Hubertus winkte ab. „Na ja. Ein bisschen Glück braucht man bei detektivischen Ermittlungen. Hätten wir den Klingler nicht vor der Haustüre der Mielke zufällig getroffen, wären wir wahrscheinlich nicht so schnell auf Peter und damit auch auf Ziegler gekommen.“

Klaus leerte seinen Becher und ergänzte: „Zumal ja eigentlich alles auf Carolin Mielke hinauslief. Schon wegen dieser Lebensversicherung, die ihr Mann verhökern wollte.“

„Sagt mal? Woher wisst ihr diese ganzen Details eigentlich?“, fragte Martina, die gerade eben erst wieder ihre Tränen getrocknet und sich die Nase geputzt hatte.

Hubertus grinste vielsagend: „Immerhin haben wir den Fall gelöst. Da hat uns Kommissar Müller doch glatt heute Morgen zum Beamtenfrühstück aufs Revier eingeladen.“

Klaus setzte seinen durchdringenden journalistischen Blick auf. „Huby wollte mich ja wieder zurückhalten. Aber ich war so frei und hab' ihn gefragt, ob wir die Vernehmungsprotokolle des Falles lesen dürfen. Der war so dankbar, dass er den Fall abschließen konnte. Diese Bitte konnte er uns einfach nicht abschlagen.“

Hubertus nahm den Faden wieder auf: „Im Gegensatz zu uns war der völlig von diesem Zockermilieu angewidert. Der wollte damit nichts mehr zu tun haben.“

Das Penalty-Schießen begann. Der erste Kölner Spieler nahm mächtig Anlauf, stürmte dann mit dem Puck am

Schläger auf den Schwenninger Torhüter zu und: verschoss. Jubel im Bauchenbergstadion.

Doch so ging es weiter. Penalty-Schießen war nur in Ausnahmefällen eine Stärke der Schwenninger. Die Zuschauer rauften sich die Haare: Viermal scheiterten in der Folgezeit Blau-Weiße beim Versuch, die Hartgummischeibe im Tor unterzubringen. Ein Glück, dass auch die Kölner einen schlechten Tag hatten. 0:0 stand es, als der SERC seinen letzten Schützen aufbot: Kirk Willy. Dessen Anlauf war mehr kraftvoll als schnell. Fünf Meter vor dem Tor zog er trocken ab – und schlenzte den Puck unter die Latte ins Kölner Tor!

Das Stadion tobte. Jetzt hatte sogar Edelbert das Eishockeyfieber ergriffen. Er umarmte einen blonden, hageren Jüngling, der neben ihm stand und etwas hilflos dreinschaute.

Kirk Willy wurde von seinen jubelnden Mitspielern verfolgt. Er kurvte immer noch wie wild übers Eis und Hubertus schien es so, als habe er ihm und Klaus mit seinem Schläger zugewunken. „Kirk Willy. Ein toller Kerl“, schrie Huby in Richtung Riesle. „Dem haben wir ganz schön Unrecht getan.“

„Stimmt“, pflichtete Klaus bei, als es die Lautstärke wieder einigermaßen zuließ. „Bedank' dich bei Ziegler. Der hat dir dieses Gerücht auf dem Wochenmarkt ins Ohr gesetzt. Doch vielleicht haben wir Schnüffler uns die von ihm geholten Veilchen verdient – kein Wunder, dass Willy sauer war... Was soll's “, schloss er dann gelassen. „Berufsrisiko!“

Die Mannschaft war schon zur dritten Ehrenrunde aufgelaufen, zur Freude des grölenden Publikums, das ebenso wie Klaus, Hubertus, Martina und Edelbert weiter ausharrte. „Ist das Spiel jetzt vorbei?“, fragte Edelbert, der noch immer versuchte, sich dem blonden Jüngling zu widmen.

„Ja. Wenn es nach 60 Minuten unentschieden steht, gibt's ein Penalty-Schießen. Wer das gewinnt, erhält zwei Punkte, wer verliert, einen“, erklärte Hubertus geduldig.

„Früher gab's zuerst noch den sogenannten 'Sudden death', den 'plötzlichen Tod'“, ergänzte Klaus. „Eine Verlängerung – und wer da das erste Tor erzielte, war Sieger.“

„Ein 'Sudden death' hat auch Mielke ereilt“, kalauerte Hubertus.

„Ganz schön makaber, Herr Lehrer“, ermahnte Klaus seinen Ermittlerkollegen. „Auf jeden Fall finde ich, dass wir gute Arbeit geleistet haben. Und du hast die Ehre deines Berufsstandes gerettet.“

Hubertus stimmte zu: „Ich habe doch gesagt, dass ich den Fall aufklären werde. Hubertus Hummel kämpft nämlich gegen Unrecht an“, sagte er pathetisch. Er wandte sich seiner Tochter zu: „Merk' dir, Martina, der Name Hummel ist Verpflichtung. Denn wie hieß der Villinger Gründungsrektor der Universität Freiburg?“

Martina stöhnte. Die Geschichte kannte sie: „Hummel. Matthäus Hummel.“

Hubertus fuhr ungerührt fort: „Und wie hieß der Schmiedzunftmeister Villingens schon 1786?“

Martina nickte ergeben: „Hummel, Papa. Baptist Hummel.“

Klaus lachte über seinen Freund und sagte: „Ich mache jede Wette: Wir werden bald mal wieder einen Fall zur Aufklärung finden.“

Mit dieser Prophezeiung verabschiedete er sich.

„Wie? Du gehst schon? Kommst du nicht mehr mit ins

Bistro?“, fragte Martina enttäuscht. Heute durfte sie sogar in Begleitung ihres Vaters in dessen Stammkneipe. Sie überlegte noch, ob ihr das peinlich vor ihren Freunden oder angesichts der momentanen Lage doch ganz recht sein sollte.

„Ich komme später nach, muss aber zuvor noch kurz bei einer Versammlung der CDU im Beethovenhaus vorbeischauen“, sagte Klaus. Er war wieder im Dienst und stolz: Die Aufklärung des Mordes an Mielke hatte er als Exklusivgeschichte in seiner Zeitung gehabt – kein Wunder als unmittelbar Beteiligter.

Huby schaute säuerlich. „Dort triffst du doch bestimmt Bröse?“

„Bestimmt“, antwortete Klaus.

Hubertus wandte sich Martina zu: „Weißt du übrigens, wer deinen Peter verteidigen wird?“

Sie zuckte mit den Achseln.

„Der Liebhaber deiner Mutter, Bertram Bröse.“ Er grinste: „Da kannst du nur hoffen, dass Bröse bei der Verteidigung ein gutes Karma hat.“